文春文庫

家にいるのが何より好き

岸本葉子

文藝春秋

家にいるのが何より好き＊目次

家にいるのが何より好き

服の「捨てどき」

むらむらと衝動買い

同い齢の女性と喋っていたら、話題がストレスのことになった。彼女はたまたまその何日か前に、心理学だか精神医学だかの先生の話を聞く機会があったそうだ。

「ストレスねえ」

私は基本的にストレスのない人間である。よく食べるし、よく眠る。OLに多いという円形脱毛症になったこともなければ、月々の生理もきわめて順調だ。

と思っていたら、

「いーや、そういう人こそ危ないんだって」

先生によれば、

「私にはストレスなんて関係ないわ」

と他人事のようなつもりでいる人ほど要注意。ある日いちどにどっと出る。そもそも現代人で、しかも都市的な生活をしていたら、ストレスがないわけがない。感じないと言い張る人は、そのぶんがまんしているわけだから、よけいストレスがかかるとか。

しかしなあ。ストレスは感じてこそストレスなのであって、「感じてなくてもあるはず」というのは、論理的に矛盾している気がするけれど。

そう言うと、彼女は、

「このへんにね」

首の後ろあたりを両手で押さえ、

「何だか知らないけど、先生の言うには、このへんにストレスを感知する器官があるんだって」

心が感じていなくても、体の方はしっかり受け止めている。自覚のない人は、早め早めに解消する努力をしないから、ちょうど蓄積疲労のようにじわじわとたまっていき、かえって危険だと。

「例えば、あなた、わけもなく服を買ったりすることとなんかない？」

どきりとした。そういえば簞笥《たんす》の中に、この前買ったきり一度も袖を通していないセーターがあるような。

「ほらね」

と彼女。先生はそれを、兆候の第一に挙げていたそうだ。

「も、もしかして私、いわゆる買い物依存症なのかな」

と、焦ると、

「いや、その気《け》はあるかも知れないけど、いちおう箪笥に入れるまではしたわけでしょ。ほんとうの依存症っていうのは、買ってきたまま袋も開けないんだってよ」

いろいろなことを思い出した。ずいぶん前に美容院で見た雑誌に、泉ピン子のインタビューが載っていて、

「買い物しても、心は満たされないね。袋も開けなかったりする」

と、まさにそのとおりのことを語っていたのだ。

そうか、袋が依存症かどうかのひとつのポイントなのか。泉ピン子がシャネラーとかグッチャーとか、ブランド女として知られているのも、何かしら関係があるのでは。

が、別の知り合いは、こういう話を本で読んだと言っていた。

「依存症になると、あるスーツを買って、まったく同じものをまた買ってきたりするんだって。箪笥の中に、同じスーツが何着も吊り下がってる状態よ」

そう言えば、何億だか何千万だかを横領したので有名になってしまった銀行勤めのO

Lは、新聞記事によると、ふだんはいたって目立たない服装をしていたが、捜査員が部屋に入ってみたら、部屋全体がクローゼットと化していて、一着何十万もするスーツがだーっと並び、何カラットというダイヤの指輪がごろごろしていたそうだ。イメルダ夫人のクローゼット張りのアパートの一室で、夜ごとひとりでスーツを眺め「ふふ」と笑みをもらしていたかと想像すると、かなり怖い。

自分はまだそこまではいっていないと思うけど、突然服を買ってしまうことは、たしかにある。二十代の頃に比べて、服の趣味もだいぶ定まってきたから、後で、

「何これ？」

と叫びたくなるような、とんでもない買い物はしなくなったつもりだが、冷静に考えると、衝動買いとしか言えないようなものがある。

しかも私の場合、そのときは、買うことを正当化する理由をいくらでも思いついてしまうのだ。まったくそういう方の頭の回転に限っては、われながら呆れるほど速いのである。

その、一度も袖を通していないセーターを購入したときもそうだった。言い訳をすると、私はその日、前々から決まっていた、人と対談する用があった。気の重い仕事で、にもかかわらず引き受けてしまった自分に対する情けなさもあり、

(ああ、まったく何の因果でこんなことになってるんだ)

とぶつぶつつぶやきながら、対談場所である銀座に向かった。

話の間もおそらく、笑みこそたたえていたものの、神経はばりばりに張りつめていたに違いない。用がすみ、銀座の街へ一歩出たときは、心から、

(はあーっ)

となった。胸のつかえが、いっきにとれた感じだった。たぶん、引き受けたその日から、自分で考える以上のプレッシャーがずっとかかっていたのだと思う。久々にのびのびした気持ちになり、足どりも軽く地下鉄の駅へと歩いた。

その途中に、運悪く「ソニープラザ」があってしまったのだ。

「ソニープラザ」は、衣料から化粧品、輸入菓子まで扱う、いわば雑貨店である。学生が来るぐらいだから、ひとつひとつの品はそう高くない。それがまた、運のつきだった。

冬のはじめで、店先にはセーターがたくさん並んでいた。

(せっかく来たんだから、若い子の店でも覗いてみるか)

などと、ほんの出来心で寄ってみた私は、セーターを見ているうち、しだいにむらむらっときて、二十分後、レジの音に送られ店を出たときは、ふだんなら絶対に買わないであろう「赤」を購入してしまっていたのである。

むろん、そのときは理性的な買い物をしたつもりだった。赤の中からもっとも自分に合いそうな色を選び、他の服との相性その他、あらゆる観点から検討を加え、

（私もたまには、こういうぱっとした色を着るべきだ。上から下までこうだと問題あるが、セーターならブレザーの中だけだから、いわゆるVゾーンを引き立たせ、メリハリを与える効果があるはずだ）

（形がベーシックなタートルだから、応用も利く。何が何でも必要というわけではないが、あればきっと使える一着となるに違いない。そう、私の服装に欠けていたのは、こういう色だったのだ）

と総合的な判断を下したのである。

が、後になってみるとやはり、何かが違う。

タートルネックというのは、ありふれた形のようでいて実は結構難しく、どんなに好きな色でも、体に合わないと、まったくと言っていいほど着なくなってしまうものである。首回りがきゅうくつだとか、袖ぐりが狭いとか、ほんのちょっとした着心地の違いが、とり返しのつかない差になるのだ。

家に帰って、セーターをかぶり、ぎゅうっと引っぱって首を出してみた瞬間、

（あ、これは失敗だったかも知れない）

との思いが頭をかすめた。が、それではあんまりなので、急いで打ち消し、とりあえずていねいに畳んで、抽き出しにしまい込んだ。

それから何か月も経つというのに、一度も袖を通していない。

あのときはやはり、ふつうの心理状態ではなかったのか。買うしかない、との結論に、諸々の考えを集中していく過程において、肩幅その他サイズのチェックが、すっぽりと抜けてしまっていたのである。

そうなると、それが箪笥の中に「ある」ということそのものが、だんだんに苦痛になってくる。

「無駄遣いした自分」

「モノのあり過ぎる自分」

を責め立てられているようで。「贅沢は敵だ」を価値観とする世代の親に育てられた私には、着るものがあふれていることからして、すでにじゅうぶん背徳的なのだ。

あのセーターの行く末は、私にはだいたい予想がつく。今シーズンは、このまま来シーズンも、同じように抽き出しのすみを占め続けるだろう。

そして、さ来年あたり、再検討の時期が来る。

（このセーターも二シーズン袖を通さなかったのだから、いい加減「着ない服」とみな

すべきだ。もうそろそろ、お払い箱にしてもいいのでは。これだけ長く置いておいたのだから）

（つらいことだが、今の東京、何よりも貴重なのはスペースだ。そうだ、すべては住宅事情のせいなのだ）

そして、捨てる。

箪笥の中には、そういうふうに「捨てどき」を待っている服がたくさんある。というより、ほとんどそのためだけにとってあるようなものだ。おそらく三分の一くらいはそうなのではないか。

なぜ、こうなるか。それも、私にはうすうすわかっている。

きっかけはストレスでも、私の買い方には悪い癖があって、それがよけい衝動買いに走らせてしまうのだ。

タートルならタートルと「自分の形」を決めると、しばらくの間そればかり買う。だから、店でタートルが目についても、次のように考える。

（この形は、今や私の定番である。この形である限り、どんな色であれ、買って無駄になることはないだろう。目の前にあるセーターも、どうしても必要なわけではないが、あれば絶対使えるはず）

ほとんど全色タートルで揃えてもいいぐらいの気持ちになっている。（しかも、後になって「しまった、あの色を買っておけばよかった」と思っても、同じものを見つけられる可能性はまずないと考えておくべきだ。日本の流行は、私と違って移り変りがはげしいのだから）

そのように、買うことを正当化してしまう。

「いつか着る」は「もう着ない」

そうして購入したものでもやはり、着るものと着ないものとが出てくる。色が今ひとつだったり、なんとなく体に合わなかったりと。私の経験で言うと、

「あれば便利」

という動機で購入したものは、たいていは使いものにならない。

そしてまた、この先一生変わることはないかに思われた形の好みも、何年か経つとやはり変化する。タートルネック以外のセーターには見向きもしなかったのが、ある日ふと、ハイネックの方が、アスコットタイができるぶん、応用範囲が広いことに気づくのだ。

するとまた、新たに欲しいものが出てくる。辛子色のハイネック。それがあれば、あ

のジャケットこのスカートも着回せるのに。

そうすると、目の上のこぶとなってくるのが、すでにある辛子色のタートルだ。が、同じ色のをもう一枚買うというのは、私の「もったいない心」が許さない。あれさえなければ、ハイネックを購入する理由ができるのに。そもそも、あのセーターは失敗だった。辛子は辛子でも、色が今いち求めていたものと違い、結局ほとんど着ていない。

そこで私が考えはじめるのは、あのタートルをいかにして「なきもの」にするかの方法である。人にあげる、実家に宅配便で送る、あるいは、難民などに送る事業があれば寄贈する、というのは、誰もが思いつくところだろう。

が、これも長年の経験から、それらはみんな偽善であるとわかった、少なくとも私には。結局のところ、着られるものを捨てることへの良心の呵責《かしゃく》に耐えられず、自分の手を汚さずに、他人に捨てさせるようなものである。

姉とのことがいい例だ。私には三歳違いの姉がいるが、これまでにも彼女との間で何回、同じ服が行ったり来たりしたかわからない。

「セーターでさ、フィッシャーマンっぽい白があるんだけど、どうかなと思ってさ。よかったら送るよ。イギリスのハンドメイドとか書いてあるから、結構しっかりしてるはずだよ」

電話で、なるべく彼女の興味を引くよう、さもいいものそうに説明したら、

「そんなにいいなら、自分で着ればいいじゃない」

と言い放たれ、受話器の間に冷たい沈黙が流れたことがあった。実はそのセーターは丈が短いのが問題で、同じフィッシャーマンでも、ズボンの上にすっぽり着られる、長めのが欲しかったのだ。

友人との間で、よく、

「送るから、見てみて。着なさそうだったら捨ててもらってもいいからさ」

といったやりとりがなされるが、あれも基本的にズルいと思う。送る方は、相手のことなんか考えていなくて、とにかく自分の目にふれないところにやってしまえば、後はどうなっても構わないのである。

話は変わるようだが、私が学生の頃は、ニュートラファッションの全盛期だった。金ボタンのついたショッキングピンクのブレザーや、まっ水色としか名づけようのないようなブルーのパンタロンが流行し、ニュートラにあらずんば人にあらずと言わんばかりの勢いで、キャンパスに街にはびこっていた。

あれらの服は、いったいどこに行ったのか。カラスがかあかあ飛び回る夢の島に、金ボタンだけが転がっているんだろうか。今頃アフリカかどこかの難民キャンプで、十年

前日本の女子大生がこぞって着飾った服を、はだしの子どもたちがまとっているかも知れないと思うと、われわれのエゴのなれの果てのようで、想像するだにおぞましい。

私はもういっさいのごまかしをやめ、着ないなら捨てる、この方法に決めた。自分で買ったものの処分は、自分でつける。後ろめたかろうが、罪の意識に苛《さいな》まれようが、それだけのことをしたのだから、しかたない。

そうなると問題は、いつ処分するか。さきに述べた「捨てどき」である。

前に女性誌を読んでいたら、捨てるための何箇条かが書いてあった。

「『いつか着るかも』は『着ない』と同義語」

「『直せば着られる』は『着ない』と同義語」

それを読み、私は思わず、

（正しい！）

と膝を打ちそうになった。それでも決心がつかない人のために、最後に、

「どうしても捨てられない人は、友人に選別してもらいましょう」

ともあった。親しい友だちなら、ふだんどれを着てどれは着ないか、だいたいわかるというわけだ。

私の場合は、ある日突然、

（えーい）

と思い立つ。箪笥の中に「ある」ということそのものが、気になってたまらないでいた服たちを、一掃するのだ。

むろん、つらい作業であるから、相当に自らを奮い立たせなければ、できるものではない。日頃からじわじわと高まっている、モノの「ある」ことのプレッシャーが、頂点にまで達したとき、

（もうがまんできないっ）

と、いっきにとりかかるのである。

そのときの自分はいわば、憑《つ》きものが憑いた状態だ。日頃のもったいない心をかなぐり捨て、長年自分を苛み続けた服たちを、ここぞとばかりにひっぱり出す。ずっと気になっていたくらいだから、どの抽き出しのどこにしまってあるかは、だいたいわかっている。

（これもいいだろ、これももう、じゅうぶん置いといた）

勢いよく引っこ抜いては、ぽんぽんと後ろへ放り投げる。そのときの私の胸に、ある快さがひそんでいないと言っては、嘘になろう。クリーニングしてももう絶対とれる可能性はないであろうしみを発見したりすると、ほとんど歓喜の極みになる。

そしてまた、モノというのはいったん捨てはじめると、どんどん弾みがつくものだ。眉を吊り上げ、眼をらんらんと光らせながら、

（他にもまだ処分できるものはないか）

と、すみからすみまで眺め回す。余人が見たらまさに、鬼気迫るものがあるに違いない。

こうなると、捨てる方に選別されるかどうかは、服にとっては、ひとえに運である。たまたま目にとまったが最後、即ゴミ送りとなってしまう。

ある程度の山になったところで、袋詰めにかかる。四十五リットル用の炭カルのゴミ袋である。

ひとつひとつ入れたりしてると、

（まだ着られるのに）

（これだって、一万円以上した）

などと、もったいない心がうずくので、束にしてぎゅうぎゅう押し込む。目をそむけ、なるべく直視しないようにして。

詰めたら即、袋の口を結ぶ。中が透けて見えると、またぞろ後悔の念にとらわれ、ほどきたくなるといけないから、さらにもう一枚袋をかぶせる。とりあえずこれで、完了

である。

選別は、ゴミの日の前夜、月曜の夜に行われる。何日も置くと、決心がぐらつくからだ。丑三つ時というくらいで、夜中は鬼になるのに向いている時間帯でもある。

ゴミの日は週に何回もあるのに、なぜ月曜かというと、うちの方は火曜が「資源ゴミ」の日となっていて、ガラス瓶やアルミ缶と並び布類も、リサイクルできるものとして、いわゆるゴミとは別に集めていってくれるのだ。

火曜の朝、スズメがさえずるさわやかな空気の中を、夕べの袋を収集所に運んでいくときの気持ちは、何とも言いようがない。

（もう後戻りできないのね）

というあきらめと、そら恐ろしさと、うちひしがれた思い。

（こんなことを続けていたら、いつかきっと罰が当たるわ）

（少なくとも畳の上では死ねないに違いない）

収集所まで、たかだか二十メートルの距離なのに、とてつもなく長く感じられる。燃えるゴミではなく、「資源ゴミ」にというのが、私のせめてもの罪滅ぼしだ。この期に及んでも、近所の人にばれたくないので、アパートの出入りにもあたりをうかがい、カラスに突き破られ、悪事が日のもとにさらされないよう、拳《こぶし》を振りかざし追い払ったりする自分が、あさましい。

モノよりスペース

情けないのは、そういう神をも畏れぬ廃棄処分をする一方で、ボタンだけは捨てないでとっておこうとする、セコい自分もまたいることである。袋に詰めようとして、ふと惜しくなるのだ。

ボタンだって、結構する。金ボタンなんかだと、ひとつ三百円くらいするから、一着分買った日には、それだけで何千円にもなってしまう。そう考えると、

（ボタンだけは、何かのときに使えるかも知れない）

と、鋏をとってきて、ちょきんちょきん切りはじめたりする。はずしたボタンはなくならないよう、種類別にきちんと分けてビニール袋に入れる。そしてふたたび箪笥の中にしまうのである。

そんなにもったいながるなら、はじめっから服なんか捨てるなと言われるかも知れないが、そうはいかない。何と言うか、服とその他のものとでは「もったいない」の基準が違うのだ。

くり返しになるが、私は戦中派の親に育てられた世代なので、子どもの頃からもった

いない精神がしみついてしまっている。ひとり暮らしをしている今でもそうで、豆腐一丁買ってしまうと、なんとか使いきらねばと、豆腐のおかずばかり三日間がまんして食べ続ける。

他にも、納豆についてくる辛子とたれを、

（おひたしか何かに使えるんじゃないか）

と冷蔵庫の卵入れのところに貯め込んでしまったり。

ほうじ茶をまだ一杯分しか出してないから、

（頑張ればもう一杯くらい出るかも知れない）

と葉を節約する代わり、なるべく沸騰させた湯を注ぎ、味も香りもないお茶を、

（やはり力尽きたか）

と眉をしかめながらすすったり。お茶くらいおいしいのを飲めばいいのに。

缶詰のポタージュスープを鍋にあけたときも、内側にくっついてるぶんがもったいなくて、必ず湯を入れ回し洗いする。

（水っぽくなるけど、そのぶん長く煮ればいいや）

そういう考え方を、ついついする。

学生時代に付き合っていた人が、私のそうしたみみっちい癖に、えらく感動してしま

い、

「君は、ほんとうにものをだいじにする人だね」

とまじめな声で言ったときは、

（ひー）

と頭を抱えて逃げ出したくなった。これで結婚でもしようものなら、私はほとんど詐欺だ、と。もし彼が、私の「夜中の鬼」現場を目撃したら、その場で卒倒してしまうのではないだろうか。


三百円のボタンを惜しがる自分と、ン万円相当の服を捨てる自分と、どちらも私。親から受け継いだ昭和初期の価値観と、平成の価値観とが、ひとりの人間の中に詰まっている。モノを捨てることに罪悪感をおぼえる一方で、これはもう、どうあってもモノよりもスペースの方が貴重だなと、考えざるを得ない。今の世の中、衣食住のうち住が何より高いのだから。そして、親たちの頃と違い、働く機会の多い私たちは、マンションを購入するほどのお金はなくても、服については捨ててもまた買えるくらいのお金があるのだ。

それでもなお、もったいない心が消えないのが、私たちの世代のつらいところである。三つ子の魂百までとは、このことだ。ゴミ収集所に捨ててある服を、親たちが見たら嘆くだろうけど、何の葛藤もなく捨てている人はいないと思う。

が、苦しみの果てに、思いきって処分をすれば。

後になって、

（ああ、あの服があればなあ）

と後悔することは、まったくないと言っていい。あれらの服は、やはりストレス買いでしかなかったのか。

はじめの話の友人の言うように、ストレスがない人などいないわけだし、それでまあ心身が健康に保てるならと、ある程度は自分に許しているものの、どこまで大目に見るべきだろう。

そしてまた、心なしかすっきりした箪笥の中を覗いては、

（服がないわけではないのに、なーんか着るものがないなあ）

とぼやく。そのくり返し。

もしかしたら私の場合、ストレスより何より、ひたすらセンスの問題かも知れない。

もっと暖かいババシャツ

見た目より防寒

友人の妹で、会社では「お局様」と呼ばれているという二十七歳の女性が、

「だから若い人は嫌だ」

と嘆いていたそうだ。

彼女は冬は会社でも、制服のブラウスの下に、下着のシャツ、いわゆるババシャツを着る。ピンクとベージュとの中間色で、胸のところと袖口にレースのゴムがあしらってあるものだ。

ある日の午後、いつものように事務を執っていたら、となりの席の後輩の女がふと、

「あれっ、先輩のブラウス、なんかピンクっぽくありません？」

ぎくりとした。ブラウスは白なので、これまでも透ける可能性を思わないでもなかっ

(まあ、肌の色に似てるから、わかるまい)

とタカをくくっていたのである。が、やはり微妙に違うらしい。

悪いことに、そのときは課長以下男性社員を含む全員が席に着いていて、めずらしく電話も鳴らず、しんとしていた。みんなの前で、

「違うわよ、これはババシャツの色よ」

と公言するのもためらわれ、

「そ、そうかしら」

と話題をそらそうとしたが、後輩はなおもしつこく、こだわってくる。

「ほらあ、絶対そうですよ」

それがまた若いだけに、課全体に響きわたるような、張りのある声なのだ。

「光のせいじゃない？」

必死でごまかそうとする彼女に対し、

「だって、ほら、私のと比べても」

わざわざ腕をくっつけてきたりする。

「おかしいなあ、入社年度によって違うのかなあ」

執務に戻った後も、しばらくまだひとりでぶつぶつつぶやいている。

「まったく、人の気持ちってものがわからないのよ」

友人の妹は、そうぼやいていた。

二十七歳にして「お局様」という職場環境もすごいものがあるが、とりわけババシャツに関しては、若い女性との間に深い断絶があるのはたしかだ。

三十に近づくと、冬の服装の主眼は、何をおいても「防寒」である。おしゃれのためならどんな薄着もいとわない年代の人たちとは、はっきりと一線を画すようになってくる。

私も友人の妹の齢にはすでに着ていた。ババシャツといえば思い出すことがあり、私は二十六歳の秋から冬にかけて何か月間か、パートの事務員をしていたのだが、そのときのこと。

マンションの一室にある会社で、社長なる人は見たことがなく、正社員の男女と私の三人きり。女の方とは齢が同じだったこともあり、お茶の時間には、彼女と何やかんや喋っていた。

あるとき、何の話をしていたのか、ふたりとも腹がよじれるほど笑い、そうするとスリップの紐がずれるので、代わる代わる引っぱり上げては、笑いくずれていた。と、離

れたところから覚めた目で眺めていた男性社員が、ひとこと、

「それってやっぱり、そがれるものがあるよな」

ふたりとも襟もとからババシャツのレースがはみ出ていたのである。

「いいじゃないねえ、別に」

「そうよ、あなたには関係ないでしょ」

小学生の女子対男子のケンカのように言い張りつつも、

（なるほど男性というものは、そのように感じるのか）

と思ったものだ。チラリズムとか、レースの下着は色っぽいというけれど、ことババシャツのレースについては、あてはまらないこともよくわかった。

しかし、だからといって、ババシャツを着るのをやめたわけでは、むろんない。反対に、

（こんな、人を見た目で判断するような男は眼中に置くまい。人間は中味だ）

と、志をいよいよ高くしたのだ。

ババシャツに限らず服全体にそうだけれど、この齢になると、男性の目を基準に服を選ぶということが、ほんとうになくなってくる。若い女性向けの雑誌でよく、

「男の子に人気のファッション」

「好感度ナンバーワンの服」

といった特集をやっているが、いったいどこの話、という感じである。

基準はあくまで自分。自分が着ていてどうか、につきる。

ババシャツはまさにそうで、

（人がどう思おうと、知ったことではない、寒さから自分を守るのは、自分しかいない）

という確固たる信念が必要だ。

加えて、私が防寒を問題としはじめた二十六、七の頃は、ババシャツをとり巻く環境は、今よりはるかに厳しかった。そもそもババシャツという呼び名からして、まだなかったのだ。

呼び名ができるということは、すなわち、社会に受け入れられた、市民権を与えられたことを意味する。それが証拠に、ババシャツというネーミングには、どこかお茶目な響きさえあるではないか。

流行の服装をした、若い女性たちが、

「正月のパリは寒くてさあ、思わずババシャツ二枚着ちゃったよ」

などとおおっぴらに話しているのを聞くと、隔世の感がある。私などの頃は、ババシャツはほとんどズロースやカイロと同じで、嫁入り前の娘が着けているのは、余人にけっして知られてはならない恥とされていた。

さらに私見をつけ加えれば、あのピンクともベージュともつかない色が、ババシャツをより卑屈なものにしたと思う。なるべく透けて見えないようにしたのはわかるけれど、それが、

「人目についてはならない」

ものに、ババシャツを貶《おとし》めてしまった。いくら肌の色に似せたところで、しょせんは人工、いずればれてしまうのだから、はじめからもっと堂々と存在を主張すればよかったのだ。

こうなると、あの襟ぐりの心ばかりのゴムレースも、それでもまだ女物の下着であることをみせたい色気のようで、かえっていじましい感じがする。自らの尊厳のためにも、あのレースはやめた方がいいというのが、私の考えである。

話がそれてしまったが、そんなふうにババシャツをとり巻く環境は厳しかった。今でも基本は同じで、例外となり得るのは、ババシャツを着ているのをジョークにできる、若い女性だけではないだろうか。

毎年十一月頃、はじめて袖を通すとき、

（これでこの冬も、新しい出会いはないいな）

とかすかに思う。いったん着けてしまったら、ひと冬の間じゅうそれなしでは過ごせなくなることも、経験で知っている。後戻りのできない道なのだ。

かといって、いわゆる「女をまったく捨てた」わけではない。

（ババシャツを着てようが着てなかろうが、人間は中味だということを知る人は、必ずいる。逆にそういう人でなければ、出会う必要はない）

といった裏返しの信念のようなものがあることも事実だ。先頃婚約した私の友人が、ババシャツの上からホカロンを貼っていたような女だったことも、その信念をいやが上にも強めたのだった。

そういう背景があるせいか、女性どうしババシャツ着用者であることを知ると、なんだか嬉しい。連帯感というか。

この前、高野文子さんという人の『るきさん』なる漫画を読んでいたら、突然ババシャツが出てきた。メインテーマではないのだが、

「冬のお風呂は入るまでが寒いから、ブラウスの第一ボタンだけはずし、セーターを脱ぐように、重ねたまま、えいやっといっきに脱いでしまう」

というストーリーの中で、脱いで裏返しになった服のいちばん上にあったのが、ほか

ならぬババシャツだったのだ。

（この人も着用者であったか）

私は感動した。これは自分で着た人でなければ、描けない絵であり、着想である。例のピンクとベージュの中間色で塗られ、襟ぐりと袖口のレースまで描き込まれているのだ。

私なら、風呂から出た次の日も、同じシャツを着ると思う。ババシャツというのは、一日ですぐ洗ってしまわずに、二日三日続けて着用する方が、やわらかくかつ暖かい気がするものだ。着るほどに肌になじむというか。その漫画には、「脱いだ服はなんだか愛らしい」とも書いてあった。そうだ、その「愛らしい」と思う気持ちが、だいじなのだ。

その絵を見たときから、私にはもう高野さんが他人とは思えなくなってしまった。そして、本の裏に書いてあるプロフィールから、同世代であることをしっかりと確認し、ますます意を強くしたのだった。

紳士物へ走る！

しかし、やがてふつうのババシャツでは飽き足らなくなる日がやってくる。前にも書いたように、この道は進むことはあっても、けっして後戻りできないのだ。

寒い日は二枚重ねてみたりする。それでも、保温性が今ひとつに感じられる。

ここで多くの女性が試すのが、ダイアナ妃の広告で有名になった「××××肌着」だろう。防寒を求める女性たちにとって、避けて通ることのできない商品とも言われている。ヨーロッパ、あるいはイギリス国内だかを歴訪中のダイアナ妃に、子どもが「スーツ一枚で寒くないんですか」と訊ねたら、

「いいえ、ちっとも。だって××××を着ていますもの！」

と、艶然と笑みをたたえて答えたとか。この話がもしほんとうだとしたら、イギリスの王室というのは、ずいぶん開かれたものだと思う。日本の皇室だったら、

「そんな公の場で、特定のメーカー名を口にするとはとんでもない」

とバッシングされてしまうだろう。あるいはだからこそダイアナ妃は王室とソリが合わなかったのか。

私もこの商品にはかねてより興味を抱いていた。子どもとの間にそんな会話があったかどうかは別としても、これだけハデに広告して、ダイアナ妃がクレームをつけないのは、彼女が××××を着ているからだろう。ヨーロッパの寒さに耐え得るなんて、もしかしたらほんとうに暖かいのかも知れない。

が、着用してみた知人たちの声を総合すると。
一、ダイアナ妃は相当寒さに強い女に違いない。温帯モンスーン地帯生まれの私たちと同じに考えてはいけない。
二、ロイヤルファミリーご用達だろうが何だろうが、ババシャツはババシャツ。エレガントさを期待するのは無理である。
そこからさらに高級婦人肌着の追求へと進むのが、ふつうのババシャツ道だろう。が、私の場合、ひょんなことから紳士物にいってしまった。これには、やや説明を要する。

私は夏は、海より山の方が好きな人間だが、山に行くときは、長袖のコットンシャツ、前開きで襟のついたいわゆるシャツの下に、白い長袖のTシャツを着るのを常としている。Tシャツなら、襟もとから覗いてもおかしくはないからだ。

そしてまた夏には、冷房という三十代の私たちにとっての脅威がある。山への行き帰りの列車の中など、寒いくらいだ。Tシャツ一枚では足りず、二枚重ねしたりもするほどである。

そのTシャツもだいぶぼろぼろになったので、スーパーに買いにいった。九月のはじめで、もういっぺん山に行く機会がありそうだったからだ。

ところが、全然売っていない。「Tシャツだ！」と思うと、みな半袖。夏も終わりだからか、こちらは必死でセールしている。半袖がさばけないうちは、長袖は絶対売らないつもりでは、と勘ぐりたくなるほどだ。

（まったく、季節ごとに商品をがらっと変えるのは、日本経済の悪い癖だ）

（国際化の時代なんだから、夏のさ中にま冬の国へ行く人だってあるでしょうに）

と自分は外国に行くわけでもないのに、もっともらしい論理で、ぷんぷん腹を立てていた。

そのとき、はたと考えついたのが、紳士の肌着。丸首で前にボタンのないのなら、Tシャツの代わりになるのでは。

あった。「紳士丸首長袖シャツ　二枚組　九百八十円」。男でも冷え性の人がいるのか、こちらの方は長袖が、すでに売り出されていた。首のふちどりの幅が約二センチと、Tシャツのそれよりやや太いが、基本的には同じだ。やれ、嬉しや、これで寒い思いをしなくてすむと、喜んで買って帰った。

それが、実に暖かい。女性用のTシャツとは大違い。

冷房の利いた車中でも、これだと一枚ですむ。同じ綿でも、厚いのである。Tシャツの三枚ぶんくらいあるのではなかろうか。

パートしていた会社で、ババシャツを笑った男を思い出した。今なら彼に、

（そりゃあ、こんな暖かいシャツがあるなら、ババシャツなど要らないでしょうよ）

と言い返したい。知らなかった、ジジシャツという名はないが、それに等しい暖かさを、男はふつうのシャツで享受していたのである。

結局その丸首シャツは、夏だけでなく、冬を通して着てしまった。

そして春。これも私にとっては、防寒に頭を悩ます季節である。店先ではまた日本経済の悪い癖で、三月の声を聞くや否や、まるで気温も十度くらいはね上がるかのように、いっせいにコットンセーターだのぺらぺらのプリントスカートだのをマネキンに着せ、こぞって薄着を奨励するが、そんなので誰が春一番の風に耐えられるというのか。私の体感温度では、ほとんどまだ冬である。

私の春先のかっこうは、Vネックのウールのリブカーディガンにプリントスカートだ。プリントはプリントでも、パステルカラーではなく、なるべく黒の入った柄を選び、その下に黒のタイツをはけるようにする。カーディガンはなぜリブ編みかというと、リブ編みはウールかコットンかがばれにくいため、ごまかしが効くのである。また、同じウールのリブでも、Vネックというのは、タートルやハイネックと違って胸もとが開くので、いかにも冬、という感じをやわらげることができる。

下は白いTシャツにし、胸もとから覗かせる。一枚でもよけいに着た方が寒くないし、

Vゾーンに白がくることで、より春らしい雰囲気を演出するという、考えに考え抜かれた服装なのだ。

そのTシャツの代わりにも、紳士丸首シャツは使えるとわかった。

冷たい風が吹くある日、夕方になってからお醤油を買いに出なければならなくなって、ふと代わりに着てみたところ、これがまた断然暖かい。肌着の襟ぐりをもろに見せることになるので、ためらいがなくはなかったが、夜だからいいかと、そのまま外へ出た。

いっぺん着てしまうと、次からはもう何の違和感もなくなり、昼でもそれで出かけるようになった。自分が紳士物と知っているからいけないのであって、人はそんな他人の着ているものなどいちいち注目していないのだから、堂々としていればいいのである。

と思っていたら、ある日、仕事の話をしに、知っている女性が近所の喫茶店まで来てくれたのだが、向かい合って座ったとき、心なしかはっとしたような顔をした。が、言ってはいけないと思うのか、用談の間は、その表情のわけにはふれなかった。

話がすんで、お茶を飲んでいたとき、彼女は意を決したように、

「岸本さん、もしかしてそれ、男物のシャツじゃないでしょうか」

「ええ。わかりました?」

と言うと、

「ひと目でわかりますよ。だって襟ぐりが……。ふつうのTシャツは、そんな力強い襟ぐりしてませんよ」

テーブルの上につっ伏していた。そうか、自分がなじみがないだけで、見る人が見ればすぐにわかるものなのか。それまであちこちで、すれ違う男性の度胆を抜いていたかも知れない。

究極の保温性?

季節はめぐり、夏も過ぎて、早くも秋。来たるべき冬の防寒対策はどうするか。こう書くと、一年のほとんどを防寒をテーマに生きているようだが、まさにそうで、冷え性が年々深刻化する三十代は、春のミエ薄着、夏の冷房、冬の寒さと、心休まるときとてないのである。

そして私は思いついた。ずいぶん前、冬のサハリン、北方領土へ行ったときの防寒下着、あれを流用できないか。北方領土。雪まじりの風がびゅうびゅうと吹きつけているような、いかにも寒そうな響きである。気候からいっても、亜寒帯。ダイアナ妃のヨーロッパの比ではない。

行く準備をしたときも、「××××肌着」では用をなさないだろうと思ったので、そちらには目もくれず、いっきに登山用品店へと向かった。神田あたりに軒を連ねる、アルペンなんとかといった雰囲気の、山男ばかり群れているような店である。

その店で私は、アンダーウエアを購入した。保温性を極めるなら、ラクダかカシミアかと思ったら、意外や意外、クロロファイバーという化学繊維であった。商品説明によれば「ウールを含む全繊維中、もっとも高い保温力を持つ」のだとか。男物のこととて、ズボン下の股には、私にとっては見なれない「割れめ」があったが、人目にふれるわけでなし、シャツとのセットで買ってきた。

北方領土へ行くなんて、自分の人生では特別中の特別のことで、これももう二度と身に着けることはあるまいと、記念品的意味合いで、押し入れ深くしまってあった。まさか東京の街なかで、ふたたび着ることになろうとは。自分の寒がりもついにここまで、との思いはある。

問題は、色だ。

私はよく知らないが、登山用品というと、みなこうなんだろうか、紺ならまだいいのに、クレヨンの「ぐんじょう色」そのもののような、濃い青なのだ。衣料品としては、ふつう考えられない色である。いくら山では何日も着るので、汚れが目立たない方がいいからといって、ことに冬山では何かあったとき雪の中でもよく見える色がいいからといって、こうまで強烈な色でなければならないものか。日常に着る場合を、全然考えていないと思う。ババシャツ色とは望まぬが、せめて白かベージュくらいにしてほしい。それとも、クロロファイバーなる繊維はもともと青で、染色ができないとでもいうのだろうか。

この製作者は「山」ということにとらわれ過ぎて、日常に着る場合を、全然考えていないと思う。

白っぽいセーターには、まず着られない。他によく着るセーターに、縄編みのレンガ色のがあるのだが、その下にも、今ひとつだ。編みめから、アルペン下着（私がひそかにつけた呼び名）が透けるらしい。レンガとぐんじょう色を混ぜたような、さえない色になってしまう。橙と青はたしか補色関係にあったから、だいたいどんなか、想像してみてほしい。

人と話していて、手ぶりをつけたりすると、相手の方がぎょっとする。おそらく袖口には、けっしてあってはならない色なのだ。

山用だけあって、保温性はかなりだが、この色はなんとかならないものかと思っていたら。

あった。アウトドアショップでたまたまもらったカタログをめくっていたところ、白があるではないか。

アンダーウエアにも二段階あり、もっとも保温性が高いのはぐんじょう色（パンフレットには、ネイビーとあった）だけだが、それに準ずるシリーズでは、五色あると。この白なら、私の好きな紳士丸首長袖シャツとほぼ同じ感覚で着られるはずだ。

そのときは、冬も終わりだったので、

（そうか、来シーズンは試してみよう）

くらいであった。

ところが間もなく、そんなのんびりしたことを言っていられない事態が、突如として出来《しゅったい》したのである。

私の夏山好き、と言っても皇太子ご夫妻のように正しい登山をするわけでもなく、お弁当だけ入れたリュックで麓をうろうろするくらいなのだが、一部の人の知るところとなり、千葉のキャンプ場で、アウトドアの専門家なる人と話すという仕事がきたのだ。

「千葉というと、利根川の上流かどこかの川原でやるんですか」

「いや、海っぱたただそうです。海っぱたに、何でももと牧場だったとかいう広大な草地があって、キャンプ場になってるらしいですよ」

そのとき私の頭に連鎖的に浮かんだのは、
牧場＝平ら＝海風＝寒い

ということだった。絶え間なく吹きつける風がいかに体温を奪うかは、経験的に知っている。しかし、もともと夏山ということからはじまったのに、何の因果で、海風にさらされるはめになったのだろう。

しかも、行くのは四月の末だが、写真のつごうもあるので、なるべく夏らしいかっこうをしてきてくれという。私としてはダウンジャケットでも着込みたいところなのに、どうすればいいか。

下半身はコットンズボンに、アルペン下着でどうとかなる。問題は上半身。長袖のコットンセーターとカーディガンを重ね、色を白にし、かろうじて夏らしさをかもし出すとして、その下は。そうだ、あの白のを買おう。私は急遽、カタログをもらった店に駆けつけた。季節はずれの商品なので、取り寄せになるとのこと。

「なんとか火曜日までに届くようにしていただけないでしょうか。水曜日に使いたいものですから」

と必死になって頼むと、

「どこか寒いところへ行かれるんですか」

まさか「千葉です」とも言えないので、

「はあ、ちょっと」

と言葉をにごし、どうにかこうにか間に合わせてもらった。

当日は、予想どおりすごい風。テントを張ろうとしても、

「ああー」

と、みんなして口を開けてる間に、倒れてしまう。コットンセーターの下は山用シャツ、ズボンの中には北方領土のときの「割れめ」つきのズボン下という、内と外とがほとんど別人格のような服装で、草地の上で髪が逆立つまでに吹きまくられながら、にこやかに談笑したのだった。

このとき取り寄せた白のアンダーシャツが、試行錯誤の果てにたどり着いた、究極のババシャツである。

パンフレットには、

「厳寒に勝つ！」

と力強いキャッチフレーズ。「寒さの厳しい場所や過酷な条件の下でも」云々とある。およそ日本で購入できるもので、これ以上保温性の高い下着はないと言えるのではなかろうか。この先もしもほんとうに厳寒地へ行くようなことがあるとしたら……いや、今は考えないことにしよう。

この冬ももう一枚購入した。北方領土のときのと合わせて、計三枚になる。

商品イメージの打ち出し方も、はじめの頃とは変わってきているようだ。前は、吹雪の中でビバークするクライマーの写真などがついていたりして、「寒冷地での」「極限状況にも耐え得る」といった、まるでリポビタンDのコマーシャルの冬版みたいに、スポーツ性を前面に出していたのが、この冬は「冷え性、神経痛、リウマチの人にも」とトーンダウンしていた。山以外の目的で買う人が増え、メーカー側もそれに気づいたのではなかろうか。

「どのサイズも、白から先に売り切れてしまうんです」

との店の人の証言も、そのことを裏づけているように思われる。

「もっと暖かいババシャツ」を求めている人は、案外多いのかも知れない。

噂の英語教材に挑戦

筋金入りの英語嫌い

たまに海外に行くことがあると、そのたびに、

「ああ、もっと英語ができたなら」

と、英語力のなさを痛切に感じる。日本なら何でもなくすむようなことのために、ほんとうに苦しい思いをするのである。

仕事でヨーロッパに行ったときもそうだった。ホテルの部屋から日本に電話しようとしたのだが、××番を押せば自動的にかかりますと、電話機には書いてあるのに、何回試みてもつながらない。どうやら、外線にかけられるようセットするのを忘れているらしい。

意を決してオペレーターを呼んだ。

「私は日本の××××番に電話した。××、次いでカントリーコード、エリアコードを押した。しかれども、音はない。なぜか」

これだけ言うのでも、私にとっては、前もって構文を組み立て、たいへんだった。そもそもオペレーターと言葉を交わさないですむよう、ダイレクトコールにしたのだ。

オペレーターの女は詫びるでもなく、ただひとこと、受話器を置いて待て、と言う。

一分後、鳴った。受話器をとると、日本語で、

「もしもし、用意できましたか」

同じ宿に泊まっている、同行者からだ。

「すみません、今国際電話を待ってるんです。終わったらこちらから電話します」

そそくさと切った。それから、三分、五分、いっこうにかかってこない。

十五分後、ふたたびオペレーターを呼んだ。すると彼女は、

「受話器を置いて待てといったのに、なぜそうしなかった。せっかくつないだのに、お前は話し中だった。それでは、申し込みをキャンセルしたとみなされて当然だ」

お前が悪いと一方的にまくしたてる。

そのときの私には、言いたいことが山ほどあった。

(私は待った。しかしそのとき、向こうからかかってきたのである。こちらとしては、

国際電話がつながったかと思い、受話器をとって当然だ。しかも、長々喋っていたわけでなし、たかだか十秒。いっぺんかけてお話し中だったら、もういっぺんかけてみるくらいのことはすべきだろう。それが、お前の仕事ではないか)

(そもそも、外線をかけられるようセットし忘れたのは、そちらのミスである。そのことに対する謝罪はないのか)

が、そのクレームは、あきらかに私の英語力を超えている。

成田に帰り着くときの私は常に、屈辱感のかたまりだ。英語ができないばっかりに、行く先々で不当に扱われ、こんな悔しいことがあろうか。

(今に見てろよー)

飛行機の轟音に向かって叫びたい。戦後日本のガンバリズムは、案外こんなところに端を発するのではないだろうか。

そしてまた、悪いことに、私のそれは、英語が話したい、話せないということだけでは説明しきれぬ、根の深いものなのだ。これを話すと長くなるが、私と英語の関わりを語る上では、避けて通れないできごとなので、お許し願いたい。

私は何を隠そう、中国にいたことがある。一年の間に、かの国のあちこちを旅行した。そこには、数えきれないほどのイングリッシュ・スピーキング・ピープルがいた。バックパッカーをはじめとする旅行者だ。

彼らはどのような田舎であっても、英語が世界の共通語であるとの態度を変えなかった。店でも宿でも食堂でも。野ブタの親子が床の上で鳴いているような郵便局でも、英語で通す。まるで、

（理解できないのは、できない方が悪い）

と言わんばかりである。あたり一帯には英語はおろか、国語を教える学校だってないというのに。

（自分の国の字も書けない人だっているのに、お前さん、そりゃ、無理だよ）

と他人事ながら、思わず口をはさみたくなる。

しかたなく、私が通訳する。と言うと、

「何のかの言って、英語ができるんじゃないの」

と思われてしまいそうだが、そんなレベルではない。とにかく、かたや中国語をまったく知らず、かたやひとっことも英語を解さぬ人たちの間にはさまれては、ひとつでもわかる単語があれば、訳さざるを得ないのだ。

おお！　私はいったい何十回、いや何百回、彼らのために通訳したことであろう！

（突然翻訳調）そして私は、一回として、そう、実に一回たりとも、彼らに礼を言われ

たことがなかったのだ。彼らは英語が通じぬことに怒り、食堂車にコーヒーがないと文句をつけ、コーヒーを飲む習慣のない人々をののしり、こんな国に来てしまった自分に腹を立てた。しかも、自らの主張が通らなかった場合、しばしば私にくってかかりさえしたのである。

そしてまた、中国人も中国人で、よせばいいのに、彼らをちやほやする人間がいるのだ。ホテルのレストランなどの、少しでも英語ができるボーイだと、「オーケー、オーケー、フレンド」と、ふつうなら呼べど叫べど注文をとりに来もしないのに、彼らとだけはジョークを交わしていたりする。あるクラス以上のホテルでは、中国語より英語でオーダーした方が、扱いがはるかによくなるのである。ここは中国ではないのかと言いたい。イングリッシュ・スピーキング・ピープルに対しても、私は言いたい。英語がとりあえず世界の共通語となっているのは、お前らがえらいからではない、お前らの言葉がいちばん簡単だからだと。「その簡単な言葉さえ喋れない自分は何なんだ」と言い出すと話が込み入るので、その問題はとりあえず置いておく。

海外で似たような思いをした人は多いのではないか。私はたまたま中国で、わがもの顔にふるまうイングリッシュ・スピーキング・ピープルと彼らにこびへつらう中国人とを目のあたりにした。かつての欧米列強対アジアという図式とも関係しそうだが、そのことがいわばトラウマとなり、英語ならびに英語を話す人々嫌いが骨の髄までしみついたようだ。日本に帰っても、英語が話されるのを聞くのも嫌、ゼスチャーたっぷりに調子を合わせ相手する日本人を見るのも嫌、電車の中で話されていると即、車両を移るという、ほとんど生理的嫌悪感にまで深まってしまったのである。

そのことに気づいたとき、私は愕然とした。自分の中に、こういう性格があるとは思ってもみなかった。

それまで私は、自分のことを、何ごとにつけ割り切りのいい方だと考えていた。まさか、こういうとらわれ方を、ものごとに対してすることがあろうとは。英語云々よりも、そういう自分にショックを受けた。

むろん、ネガティブな思いもひとつのエネルギーになり得るから、まるっきり否定するわけではないが、ことこのこだわりに関しては、私にとって何のためにもならない。このままでは、海外に出かけては屈辱感にうちひしがれ、ますます嫌悪感を深めることのくり返しだ。

逆転の発想だ

方法はただひとつ。英語がうまくなるしかない。

今さらぺらぺらになろうとは考えないが、受話器を置いた置かないでがたがたし、言いたいことが言えずに、悔しい思いをするような、そういうことがないくらいに。

それには、まず英語を聞こう。今の私の生活には、英語のエの字もないのである。このままでは、何年経っても話せるようになるはずがない。

（聞くと言っても、それができれば苦労はしない、そもそも英語を耳にするのが嫌で嫌でたまらないのが、私の問題なのだ）

とも思うが、嫌だからといって死ぬわけではなし。人間は慣れる動物だから、そのうちに何も感じなくなるかも知れない。

聞いてみて、どうしても嫌ということもあり得る。それならそれで、しかたない。内心、

（日本語で喋れば私の言うことの方がまっとうなんだ）

と思いつつ、相手に疲れるまでまくしたてさせておけばいいのである。

こんなところで例に出したら怒られるかも知れないが、大岡昇平さんはえらかった。ほかならぬアメリカ軍の捕虜になった経験がありながら、サンフランシスコ講和後間もなく、アメリカへ、しかもアメリカのフェローシップで行っているのだ。その葛藤はいかばかりのものがあったか。それに比べれば、私のトラウマなど、ほとんどないも同然

である。

そう考えて、勉強をはじめることにした。「逆転の発想」とでも言うべきものにたどり着いたことを、私としては自画自賛したい。コンプレックスを、どうにかしたければ、とにかくそれに当たってみる、これだ。

とはいえ、いきなり英会話教室で「キャシー先生」や「デイヴィッド先生」といったネイティブの人々とフレンドリーにお話しするなんて、私のプライドが許さないので、テープの教材にしよう。

新聞を眺めてみると、ある、ある、ある、その関係の広告だらけではないか。

「耳からうろこがポロリ」

「筋力トレーニングで、英語が口から飛び出す。例えば身体を左右に振って英語を口にしたことがありますか」

「新事実！　英語と日本語の周波数帯の違い。聞き取れないから話せなかった」

「聞くだけで英語が口をついて出てくるなんて画期的！」

ひと頃は、主要な広告のキャッチフレーズをほとんど覚えていたほどである。

その中で私が興味を持ったのは、「×××ラーニング」。はじめは一日五分だけ、ただただひたすら聞き流す、というもの。よく広告が出ているから、ああ、あれかとわかる人もいるだろう。

が、それとても、すぐに申し込んだわけではない。新聞で見、週刊誌で見、綴じ込みでついている「サンプルテープ請求ハガキ」に記入までしながら出さなかったりと、今ひとつ踏ん切りのつかぬまま、一年以上経ってしまった。

きっかけとなったのは、盛岡へ行く仕事だった。

新幹線で三時間。往復だと六時間もある。その間ひとり。しかも、家にいるときのように、やれお茶を入れましょう、それお風呂の火をつけないと、などと何やかや用を見つけてはあっちこっち立ち歩くわけにもいかない。気の向かないことにとりかかるには、またとない機会ではないか。

さっそく「×××ラーニング」の会社へ電話した。十日ほどの間に、サンプルテープを送るとのこと。ちなみに向こうの住所を見たら、あまりに近くなので、思わず取りにいきたくなったくらいである。まあ、先方にもいろいろつごうというものがあろうから、すぐそばまで行きながら、安売り店でイヤフォン付きカセットだけ買って、その日は帰ってきた。

十日後、来た来た、サンプルテープだ。第一巻、二巻のテープも同封されていて、サンプルを試聴し、気に入ったら一巻にとりかかり、気に入らなければ十日以内に返送する、その場合も、サンプルテープはさし上げる、というもの。盛岡から帰って返送しても間に合うから、はじめて聞くのは、新幹線の中までとっておくことにした。

東京駅を出たところで、座席に身をもたせ、スイッチをセットする。テープが回りはじめるや、なぜか「白鳥の湖」の曲が、耳に流れ込んできた。「気持ちの安らぐ音楽」といったCDに入っていそうなスローなテンポだ。

メロディに乗せて、第一声。

「心を開いて英語を聞く」

日本語だ。NHKのスポーツニュース担当のアナウンサーを思わす、明るく張りのある、いかにも誠実そうな若い男性の声。万人から好かれるであろうタイプである。

「心を開くということは、すべてのことを肯定的に受け止めること、あるがままに受けとることにほかなりません」

背もたれからずり落ちそうになった。

（いきなり、何？）

「今日からあなたは、英語が好きで、楽しくて、そしてある日必ず英語が話せるようになるんだと、この×××ラーニングとあなた自身を信じて、さあ、はじめましょう！」

この教材がくり返し説いているのは、人間の能力はすばらしいということ。赤ん坊はことさらに覚えようとしなくても、いつの間にか喋れるようになっている。そのように、生まれながらにして言葉を学習する能力を持っている。考えたり、理解しようと努めると、むしろ自然な記憶の妨げになる。このテープを聞くときは、「何々しなければ」「何々すべきだ」と思うことは、やめるように。

耳ざわりに感じたら、いつでもテープを止めていい。がまんしたり、つらい思いをしながら、聞く必要はないと。これはちょっと私には意外であった。「何が何でも一日五分、毎日必ず聞きなさい」というものかと思っていた。

そして、しばらくやめていれば、必ずやまた聞きたくなるものだという。それは、私がたまたま前に読んだ、神経症の治療法の本に書いてあることとそっくりだった。どこまでそのとおりになるか別として、この教材にはひとつの「理論」があると感じたのである。

「できる限り楽な姿勢をとり、体の緊張感を取り除き、リラックスして下さい」

「英語に対して嫌だという気持ちを持たない方がいいからです」

とテープは説く。

(嫌と思うなと言われても、私の場合、それがいちばん難しいんだよな)

つぶやいている間にも、テープは今度は英語をまじえ、齢は関係ないだの、人間の能力は偉大だの、今のとほとんど同じことを言っている。いささかたるい。

　バックには相変わらず「白鳥の湖」。

（それにしても、この曲、ちっとも終わらないな。もしかしたら同じところだけくり返し演奏しているのではなかろうか。とすると、どこで一巡しているのだろう）

　暇なので、継ぎ目を耳でさぐっているうち、夕べ寝不足だったせいもあって、音楽を子守歌とし、そのままがーがーと眠りこけてしまったのである。

　目が覚めて、

（あれー）

　仙台を出たところ。なんということ、いつの間にか宇都宮も福島も通り過ぎていた。イヤフォンでは、まだ何のかの喋り続けている。なんということ、テープをかけっぱなしで、熟睡してしまったとは。

（これは、イケるかも知れない）

　座席の上で体勢を整えながら、私は思った。

　眠りにおちてしまうなんて、究極のリラックスだ。何よりも緊張感を取り除くこと、という第一関門は突破した。英語が好きで楽しくて、というのとはまったく逆の動機で試したものだが、少なくとも苦痛に感じなかった（感じたら眠れない）のは、上々ではないだろうか。

それはやはり、音楽でワンクッションおかれたのもさることながら、出てくる人々が話しぶりといい声といい、礼儀正しそうな人であるのが、私の好みにかなっていたのだと思う。事実、この後もうひとつ別の会社の教材をとり寄せてみたのだが、喋り方に品がなければ、ストーリーも、ドライブインだかどこかで男客をあしらうのにうんざりしている美人娘がハリウッドスターをめざすといった、私の趣味からすると、軽薄極まりないもので、聞くに耐えず、その日のうちに返品してしまった。教材にも、人によって合う合わないがあるようだ。

隙間時間は結構ある

第一巻は「日常会話」、第二巻は「旅行の会話」とテーマ別になっていて、ひと月したら次のテープが送られてくる。英語、訳に当たる日本語と交互に吹き込まれているので、テキストは基本的に要らない。むしろ見ない方がいいので、次の月に次の巻のテープとともに送られてくるそうだ。

第一巻はさすがに超簡単で、

「ハイ、エミリー」

「こんにちは、エミリーちゃん」

「ハロー」

「こんにちは」

なんていう英語日本語がえんえん続くと、

（十年英語を学んできて、何やってんだか）

と情けなく思わなくもなかったが、いや、意味がわかるかではなく、とにかくくり返し耳にすることがだいじなんだと、自分をたしなめた。事実、聞いて理解できたとしても、

（自己紹介する段になったら、このとおり言えるか）

となると、言えないに決まっている。七歳の女の子をつかまえて、「お初にお目にかかります」とか「お会いできて光栄に存じます」などと教科書英語を四苦八苦しながらひねり出し、赤っ恥をかくのがせいぜいだ。

「どうしたの、音楽にでも目覚めたの」

待ち合わせの喫茶店で、見慣れぬイヤフォンをしている私に、後から来た友人はそう言った。

「英語だよ。一念発起してはじめたんだ」

「えー、いよいよどうしちゃったの」

サンプルテープを聞かせると、

「何、これ、マインドコントロールそのものじゃない。あやしくないの」

そう言やそうだが、この場合、ポジティブ・シンキングと言ってほしい。

続いて「こんにちは、エミリーちゃん」のテープに替えると、

「うんうん、これなら私もついていけそう」

イヤフォンに手をあて、ひとりでうなずいている。

彼女も、英語については何かやらなくてはと、前々からずっと思ってはいたそうだ。会社にたまに外国人のお客さんが来ることがあるが、そういうとき「応接室へどうぞ」などという簡単なことが言えずに、困るのだとか。

「で、この教材、いい？」

「さあ、外国人と話すことなんてないから、効果のほどはまだわからないけどね。半年くらいしたら、ある日ぱかっとフタが開いたように、話せるようになるんだって」

はじめてみていちばん感じたのは、忙しく日々を過ごしているつもりでも、隙間時間はずいぶんあったのだな、ということだ。私は前に、スポーツクラブの会員になったのに、結局行かずじまいになった経験があり、この教材も、

（せっかく買っても、やる時間がないのでは）との危惧がかなりあった。申し込むまでなかなか踏ん切りがつかなかったのも、そのせいが大きい。

が、ことこれに関しては、時間は結構あるなというのが、実感だ。

例えば電車に乗るとき。私はなぜか、乗り物の中で本を読むと必ず気持ちが悪くなるので、あきらめていたが、そういう時間。

また、私の場合、毎日電車に乗るとは限らないので、そういう日は、食事のしたくのときにする。ポケットに入れ、イヤフォンだけ出して聞いている。私は基本的にふたつのことを同時にできない性格で、音楽を聞きながら何かをするなんて、とんでもないと思っていたが、ものによってはできるということがわかった。

その他に、変わったことといえば、待ち時間というものが前より苦痛でなくなった。以前は、ホームにえっちらおっちら上がってきて、次の電車まで七分もあると、急いでいるわけではないのに、なんとなくいらいらしたが、そういうときもテープをかけていればすぐである。また、女性ひとりだと、例えばそば屋で待つ間なども、男性のようにおしぼりで顔を拭いたり新聞をめくり返したりするわけにもいかず、かっこうのつかないことがあるが、そういうときも。

よくアメリカのビジネスマン向けのタイムマネジメントの本にある、一分一秒も無駄にしないといった考え方は、せちがらいようでついていけないものがあるけれど、そういうのとは別の意味で、一日二十四時間の中にもまだまだ潜在的な時間があったのだな、と思った。時間の再認識、これがいちばんの変化かも知れない。

テキスト要らずというのが、これらを支える大きなポイントだ。テキストを参照しながらテープを聞く、だと、本を見る体勢をとらなければならないから、全身で「勉強」をしなければならない。それだと、他の何かを切り詰め、勉強のための時間を、二十四時間の中に割り込ませることになってしまう。これは、苦しい。目や手は別のことをしながら勉強できる、これがこの教材の最大のメリットだと思う。

それから、これは意外だったが、英語を聞き流すのには、ひとつのリフレッシュ効果もあることを発見した。ひとつの仕事をすませ、次のにとりかかる前に、しばし何も考えず、テープをかけっぱなしにしておく。すると、何やら気分転換になったような感じがするのである。生物学的にはよくわからないが、ちょうどコリをほぐすには、ふだん使わない筋肉を動かすといいように、別の脳細胞を働かすことが、ほどよい「頭の体操」になるのではなかろうか。

やがて「こんにちは、エミリーちゃん」にもやや飽きて、早く次のが来ないかなと、

ポストを覗くようになった。よく通信講座の広告で、

「教材の届くのが待ち遠しい！」

と、若い女性がテキストを抱きしめているようなのを見るたび、

（そんなことあるわけないだろ、おおげさなんだよ）

ひとりごとになると急に言葉遣いが悪くなる私の癖で、そう毒づいていたのだが、自分がはじめてみて、あれはけっして誇大広告ではないとわかった。

ある日、例によってイヤフォンをつけたまま食事のしたくをしていて、ほうれん草をゆでた鍋を、ざあっと傾け流しにお湯をあけたとき、

「ばたり！」

肘に引っかけ、カセットレコーダーを床に落としてしまったのだ。

（ひー）

声にならない叫びを上げた。

胸にしかと抱き上げて、揺すったり叩いたりしてみるがウンともスンとも言わない。修理に出さなければならないとしたら、二週間は聞けないではないか。どうしよう。

幸い、ひと晩寝かせたら、次の日にはもう何ごともなかったように、からからと音も軽く回っていたが、この先まるまる二週間テープなしで過ごさねばならないと思ったと

きの、あの悲痛な気持ちは言葉に尽くしがたい。そのことから逆に、テープがいかに、自分の生活にしっかりと入り込んでいるかを、知ったのだった。

いざ実践！　成果のほどは？

そうして、七巻めまで進んだ月のこと。

昼間、家にいたら電話が鳴った。受話器をとると、

「ハロー、キシモト・ヨコさん？」

英語である。男の声だ。台湾のチェンです、ヨコさんいますか、と言う。

（台湾のチェン、台湾のチェン）

受話器を握って固まったまま、頭だけめまぐるしく考えた。台湾のチェン、台湾のチェン。わかった。台北に行ったとき、ホテルのロビーで、知人から紹介された企業家だ。三人でティールームに行き、コーヒーをごちそうになったような。そのとき名刺を交わしたので、電話番号がわかっていたというわけだ。たしかもう、四年以上前のことである。が、そこが人と人とのつながりをだいじにする台湾人のすごさ、もしかして「日本に来た、今から訪ねる」ということではないか。今日は困る。しかも、明日、明後日は、どうしてもしなければならない仕事がある。しかし、台北ではコーヒーをごちそうにな

っておきながら、東京でそのお返しもできないというのは、あんまりではないか。少なくとも台湾人の考え方からすれば。などと、諸々のことが、容量の小さい脳にどっと押しよせ、とっさに、

「シー・イズ・アウト」

と嘘をついてしまったのである。

「とすると、私は誰と話しているんでしょう」

「ハ、ハー・シスター」

言い訳をすれば、この電話に、たまたま来ていた姉が出ることはないわけではない。それが頭にあって、思わず姉になりすましてしまったのだ。

それからが、たいへんだった。

姉とわかって、チェンさんはほっとしたらしい、ヨコさんの近況をまず訊ね、台北で知り合ったいきさつ、自分は何もので、今日の電話は何のためか、英語でもって喋り出した。私はといえば、話によっては、英語より中国語の方がまだなんとか通じるくらいだが、姉だと言ってしまった以上、今さら中国語を喋るわけにもいかない。姉妹して中国語をかじったことがあるなんて、どう考えたって不自然だ。

用向きは、予期したのと、当たらずといえども遠からずだった。友人のミスター・シ

ェなる人が、来週出張で日本へ行く。ヨコさんの電話番号を教えたので、かかってくるだろうから、その節はよろしくとのこと。

そしてまた私も、英語だと教科書にあるような決まりきった挨拶しか言えないのと、度を過ぎた緊張とから一種の躁状態になり、

「ではシェさんの件よろしく。そしてヨコさんにマイ・ベスト・リガードを伝えて下さい」

とのチェンさんに、

「シュアー、シュアー。ユア・メッセージは妹に伝えます。そしてまた、チェンさんも日本に来ることがあったら、ぜひ知らせて下さい」

「そのときは、ぜひともあなたとも、妹さんといっしょにお目にかかりたいものですね」

「ミー・トゥー、お会いするのを楽しみにしてます」

などと、ふだんの私からはワントーンもツートーンもうわずった、特大のリップサービスをしてしまったのである。

受話器を置くと、脱力して、思わずその場にへたり込んだ。十分が一時間にも二時間にも感じられた。

それから、どっと自己嫌悪にかられた。われながらよくもまあ、あんな歯の浮くような台詞が言えたものである。おのれの辞書に「恥」という文字はないのか。

もし万が一、チェンさんが将来ほんとうに日本に来てしまったらどうしよう。

「電話でお話ししたお姉さんは？」

と訊かれたら、

「彼女は長い旅に出ました」

と言うしかない。

しかし、電話応対については第三巻の「オフィスでの英会話」で、さんざんにやったはずなのだ。この間の勉強はいったい何だったのか。

「ぱかっとフタが開いたように」とっくになっていなければならないのだが。英語好きへの道のりは、まだまだ遠そうである。

テレビドラマにはまる

土曜十時は家事をストップ

テレビはニュースと大相撲くらいで、ドラマについては、まったくと言っていいほど見てこなかった。

「主人公もバカだね、はじめからそうすりゃよかったものを」

「いーや、私にはあのままで収まりがつくとは思えない」

「最終回、どう収拾をつけるつもりなんだろう」

人々の話題に私ひとりついていけず、とり残されていくばかり。

そんな私が、生まれてはじめてドラマにはまる体験をした。そのドラマとは何あろう、NHKの『大地の子』である。

きっかけはただ、なんとなくだった。今どきの若者の例にもれず、私とて残留孤児問題にさしたる関心を寄せていたわけではない。

日中合作のドラマが放映されるということは、大相撲を除いて唯一見る番組であるニュースに続く、番組紹介により知っていた。語学のテープをはじめ、耳からの学習に目覚めたばかりの私としては、

(よし、久々に中国語というものを聞いてみるか)

と思ったのである。

逆に言えば、それ以外の何も期待していなかった。はじめの方など、台所で作りおきのおかずにするための煮物をこしらえていて、まともに見ていなかったくらいだ。バリバリという銃の音に、鍋の中のものを箸で転がしつつ、

(ああ、今は「敗戦時の混乱」というところをやっているらしいな)

と、のんびりと思ったりした。テレビの前に座ったのは、はじまって三十分くらい経ってからである。

説明しておくと『大地の子』は中国残留孤児の物語。敗戦時の混乱で、母を失い、妹と生き別れになった主人公、陸一心が、日本人ゆえのさまざまな苦難を味わいながらも、力強く生きていく。そこに国家間の関係や、日本の実父がからんできたりするのだが、それはまだ先の話として。

私が向き合ったときはちょうど、画面いっぱいに広がるコーリャン畑の中を、ぼろをまとった男の子が、足を引きずりながら、今まさに駆けていくところだった。その迫力あふれるワイドな映像に、私はまず、

(おおっ)

となってしまった。やがて長春までたどり着いた子どもは、人さらいに売られているところを、心やさしい中国人に助けられ、陸一心と名づけられる。ほどなくして、国共内戦の火が長春の街を襲う。養父母とともに死線を越えて逃げ延びた一心は、ようやく彼らを父母と呼び、その日から中国人としての人生を歩みはじめる。月日は流れ、一九六六年からの文化大革命。一心の行方は知れず、養父もまた、日本侵略主義の落とし子をかくまった罪で、紅衛兵に捕らえられる。そこまでが第一回。

終わると、思わず溜め息が出た。文字どおり、息をも継がせぬストーリー展開。一時間半、正確に言うと私が見たのは一時間だったが、全然長いとは感じなかった。お茶を入れにいくこともしなかったくらいだ。

そして、いざ、立とうとしたら、肩から背中がばりばりに凝っていたのである。よほど力が入っていたらしい。ドラマに夢中になるとは、こういうことなのか。

(これは、次回もぜひ見なくては)

土曜の十時を、しっかりと胸に刻み込んだ。

さしあたって、しばらくは土曜の夜、親の家に行くことを控えなければならない。私の親は、一時間ぐらいのところに住んでおり、泊まりがけでよく行くのだが、土曜は避けよう。テレビの前で身を固くしている姿など、親の前では見せられない。

親でなくても、人前でドラマを見るのは難しいものだ。せっかく胸に迫るものがあっても、お茶の間に突然ラブシーンが映し出されたときのように、へんにそわそわしたり、気のないふりをしたりして、感動をごまかさなくてはならなくなる。心ゆくまでドラマにひたることができるのは、ひとりならではでないだろうか。

ドラマは全七回。後六回、なんとしてでもひとりでいるようにしなければ。

そう考える一方で、

（しかし、後六回もあるというのに、最初の回で、文革までの二十年間をいっきにやってしまって、どうするつもりなんだろう）

と気になりはじめたことも事実だ。原作はどうなっているんだろう。

「『大地の子』って、文庫本になってたっけ」

本好きの友人に聞くと、

「たしか、なってるよ。本屋さんで見たことある」

「長いのかな」

「さあ、十巻くらいあるんじゃないの」

ことともなげに言われ、内心、

(こりゃ、だめだ)

とすごすご引き下がった。トルストイの『戦争と平和』もユゴーの『レ・ミゼラブル』も、巻数を数えただけであきらめた私である。

次の土曜。急須になみなみお茶を入れ、テレビの前に腰を据えた。風呂を沸かす、煮物をこしらえるといった用も、十時から逆算してすませておいた。風呂は種火だけ、煮物は鍋の中に放置して冷えながら味がしみていけばいいようになっている。

私は基本的に「ながら視聴」ができなくて、テレビと差しで向き合わないと気がすまないというか、大相撲ダイジェストでも、十一時二十分になると、あらゆる家事の手を止めて、テレビの前に正座する。私のその性格が、ドラマにも向けられるようになった。

とりわけNHKの怖さは、CMがはさまらない点だ。はじまったら最後、一時間半、お風呂が沸き過ぎるからといって火を止めに立つこともできなければ、トイレにも行けない。相撲よりももっと「待った」のきかない世界である。

二回めもまた、相変わらず迫力ある映像で、私を圧倒してくれた。文化大革命で、日本スパイなどの罪状により強制労働所送りとなった陸一心は、内モンゴルで羊飼いに明け暮れる。どこまでも続く青い空の下、果てのない草原で、白い点をなす羊の群を追う一心。その姿はまさに「大地の子」と呼ぶにふさわしい。そして、将来の妻となる、巡回医療隊の看護婦、江月梅との出会い。

急須のお茶をつぐことさえ忘れ、私は一時間半まるまる、草原の中にいた。一心役の日本人男優が、はじめて見る人なため、

「あ、×××（役者名が入る）が一心を演《や》っている」

とならず、はじめから一心その人に思えたのがよかったのだと思う。月梅役の中国人女優も、八千草薫を若くしたような、額のつるんとしたかわいい人で、いかにも一心と愛し合うにふさわしい。それだけに、ふたりが別れ別れになるところで終わってしまったのがつらい。私はまるで魂の抜けた人のように、ぼうっと風呂に入り、ぼうっと髪を乾かし、そのまま寝てしまった。

予約録画に挑戦

次の週、すなわち第三回の放映される土曜は、私はよんどころない用事で、関西に日帰りしなければならなくなった。関空から羽田、あるいは関空、新大阪、東京とあらゆ

る乗り継ぎを検討したが、どう頑張っても家に着くのは十一時半を回ってしまう。

そこで私は思いついた。

(そうだ、「予約録画」をしよう!)

ウチのテレビは、ビデオも内蔵されているはずだが、まだ一度も使っていない。「再生」すらもしたことがないのである。今こそ、持てる機能を最大限に活用すべきだ。

しかし、初心者の私が、ただの「録画」を通り越し、いきなり「予約録画」なんて、果たしてできるのだろうか。

埃だらけのマニュアルを引っぱり出す。とにかく書いてあるとおりにやってみよう。

録画関係のスイッチは、ふだん使っているリモコンのフタを開けたところに並んでいた。そこが開閉することからして知らなかった私は、

(おお、こんなところにもまだスイッチがあったのか)

と、目を見張る思いであった。

予約をするにはまず、時計合わせからしなければならない。ウチには壁かけ時計、目覚まし、腕時計二つと計四つの時計があるが、どれもばらばら。正確さを期すため、一一七にかけることにした。「午後十時二十六分ちょうどをお知らせします、ピッ、ピッ、ピッ、ポーン」というアナウンスに合わせ、すばやく「設定」を押すのである。

「予約画面」で画面を呼び出し、日付、開始時刻、終了時刻の順に設定。はじまりと終わりが切れるのが怖いので、九時五十六分から十一時三十四分までと、前後四分ずつおまけをした。チャンネル一、ついで標準。この「標準」ははじめ、何のことかわからなかったが、標準か三倍を選べるという。

「三倍だと、画質が落ちる」

という話を思い出し、標準でいくことにした。「入／切」切り替えボタンで「入」にし、再度「予約画面」を押すと、画面は消えて、予約完了。が、そのそばから、

（「入」を強く押し過ぎて、二回押すのと同じになり、「切」と設定されてしまったのではないか）

と心配になり、もう一度画面を呼び出す。開始時刻、終了時刻等々、しつこいくらい確かめ、消すと、消したとたんに、

（もしかして、予約そのものがキャンセルになったのでは）

と気になり出して、またまた呼び出すというしまつ。ふだん使わない神経を張りつめたので、予約だけでぐったりと疲れてしまった。

それだけではない、テープをセットしなければ。前にもらって、一度も見ていないものがある。カセットテープは、ツメが折ってあると録音できないが、ビデオテープもそ

ういうことがあるのだろうかと、表裏引っくり返してみた。折ったところは、ないようだ。

方向を確認し、正しく入れて、さらに「巻き戻し」を押す。これ以上戻らないことを確かめて、ようやく完了した。

そして、土曜。帰ってきて、風呂をすませた私は、一時過ぎ、テレビの前に。アパートが寝静まった後なので、音がもれないよう、頭痛薬のコマーシャルのようなヘッドホンをつける。

「再生」を押すと、天気予報が流れ、晴マークいっぱいの画面が消えた後、アナウンサーが「十時になります」と礼儀正しく告げてお辞儀をした。さすが、一一七で合わせただけあって、ちゃんと四分前から録画されている。次いで「土曜ドラマ」のタイトル。

前半のクライマックスはなんといっても、一心と月梅が、遊牧民のテント包《パオ》で、ふたりきりで言葉を交わすシーンであった。一心を重病から救った看護婦である。強制労働所の外の人間と口をきくのは、許されないことなのだが、内モンゴルを襲った嵐が、医療隊からはぐれた月梅と一心を草原でめぐり合わせるという偶然をもたらしたのだ。今回に限らず、この物語には、やたら偶然が多いのだが、そのことについては今はコメントしない。

烈しい風が吹きつける包で、つらかった過去を語り合い、月梅の自分への愛を知る一心。それは、強制労働所に入れられて以来、はじめてと言っていい、人間らしい心のふれあいだった。私はもう、主人公のどんな気持ちの動きも見逃すまいと、それこそ一挙手一投足にいたるまで凝視した。

後半のクライマックスは北京駅だ。月梅からの手紙を受けた養父の奔走により、内モンゴルから戻れた一心が、五年ぶりに養父と再会するシーン。改札を出てくる一心。「一心、一心」と呼ぶ養父の声。一心の目に、みるみる涙がいっぱいになる。私は全身を耳にして、まばたきひとつせずに見入った。「お父さん!」「一心!」人込みをかき分け、駆け寄るふたり。伸ばした腕がまさにたがいの肩を抱きしめ合うとみえた瞬間に、なんということ、突然ざあーっと音がして、画面はただの白黒模様になってしまったのだ。

あまりのできごとに、私は気が動転してしまった。いったい、何がどうしたのか。

ヘッドホンをかなぐり捨て、「再生」を何度も押してみる。が、同じ。

人間というのは、目の前の事実を受け入れがたい場合、とっさに合理化をするもので、そのときの私も、

(そうだ、カセットテープと同じで、ビデオテープにもA面とB面があるんだろう。こ

の続きはB面に録画されてるに違いない）

と考えた。はじまって一時間。百二十分テープなら、ちょうど半分であることからも、その説はうなずける。

ならば裏返せばいいのだと、「リバース」のスイッチを探した。が、そんなものはどこにもない。なおも信じられなくて、いったん全部巻き戻してから再生する。が、さっきと同じ天気予報がはじまるだけ。

そのときにいたって、気づいた。私の入れたのは、六十分テープだったのだ。念には念を入れて確認し、ツメの有無まで確かめたというのに、まさかこんな落とし穴があったとは。

あのとき「標準」ではなく「三倍」にしておけばよかったのだ。画質についこだわってしまったが、それ以前の問題ではないか。

九時五十六分からと四分間おまけしたのも、こうなると裏目に出た。アナウンサーが深々とお辞儀をするのを見るぶんドラマに回せば、せめて父子がしっかと抱き合うところまでは、見届けることができたのに。

なんという悔しさ。しかも誰のせいにもできず、ひとえに自分が悪いだけというのが、よけい口惜しい。こんな気持ちで、次の土曜まで、いったいどうやって過ごせばいいのか。

一週間が一か月にも感じられた後、ようやく迎えた第四回。のっけから、訪日視察団がバスをしたて、木更津の製鉄工場を見学したりと、雰囲気がまるで違う。文革はとっくに終了し、日中の国交も回復して、合弁のプロジェクトがはじまっているようだ。

一心はといえば、強制労働所時代には伸び放題だった髪も七三分けなどにし、えらくこざっぱりしてしまい、おまけに一児の父にまでなっているようなのだ。いつの間に結婚していたのか。どうやら、見そこねたわずか三十分の間に、光陰は矢のごとく流れてしまったらしい。

失われた月日をとり戻すべく、私は書店へと走った。三十分ぶんだけ、立ち読みしよう。

「十巻くらいあるんじゃないの」との友人の言葉はまっ赤な嘘で、文庫本は全四巻であった。これだから人の話はアテにならない。

試みに第二巻を手にとり、ぱらぱらとめくる。そこで私は、自分ではドラマのクライマックスと思った包のシーンが、実は二巻のはじめの方に過ぎないことを知った。ということは話は、まだまだ続くわけだ。まあ、ふたりの愛情物語が主ではないから、結ばれてめでたし、めでたしでないのはわかるけど、この後何をするんだろう。

私はさらに頁をめくった。それにより、結婚については、原作の方でも割とあっさりすませていることがわかった。第二巻も、後半にいくに従って「製鉄所」とか「重工業部計画司」といったプロジェクトがらみの話が多出するようになる。私の関心はもっぱら陸一心。実父とはいつ会う。そのとき養父は。一心は中国にとどまるか、あるいは日本に帰るのか。が、製鉄所建設とからんで、政治向きの話も多くなり、すじを追うのが難しい。

立ち読みには限界を感じて、買うことにした。二、三、四巻だ。家に帰るのももどかしく、書店から三百メートルの喫茶店に入り、読みふける。そうして、推理小説の結末を先どりする人のように、ところどころはしょりつつも、三巻いっきに読み通してしまった。

「そうか」

あらすじを頭の中におさめると、溜め息とともに思わず声が出、まわりの席の人が私を振り向くのがわかった。店内の人は、私を奇人と思っただろう。しかし今は、そんなことに構っていられない。

次なる私の関心事は、すでにテレビでじっくり見た第一回、二回が、原作ではどう書かれているかということだ。そこでふたたび書店への三百メートルを戻り、第一巻を購入して、その日のうちに全巻読んでしまったのである。

次週、第五回からは、あらかじめ百二十分テープを買っておき、見ながら録画もするようにした。その時間は必ず家にいる。電話もとらない。留守番電話にセットしたままだ。

ひととおり終わったら、好きな場面を、何回でも再生した。はたの目を気にすることなく、深夜にひとり、感動の涙を心ゆくまで流す。これぞ、ひとり暮らしの醍醐味でなくて何であろう。

文句つけるも楽しみのうち

「私、今、ドラマにはまってるんだ」

友人相手に胸を張る。

「『大地の子』だよ。土曜にやってるの、知ってる?」

かつては何を言われてもきょとんとするだけだったドラマの話題を、自分から率先して出すなんて、われながら進境著しいものがあると思う。

意外だったのは、

「ああ、あれね、私も見てる」

という反応が、彼女から返ってきたことだ。あんなシリアスなテーマのドラマを好きこのんで見るなんて、同世代では私くらいのものだろうと考えていたら、こんなところにも隠れファンがいたとは。

彼女も土曜の九時五十五分になると、

（さあ、今日も一発泣くか）

と、タオルを手に、体操でもはじめるような意気込みで、テレビの前に座るんだそうな。そうして、このときとばかり、ふんだんに涙を流す。

「ふだん、美しい涙を流す、みたいなことって、まったくと言っていいほどないからね。すっきりするよ。まあ、養父が登場するときは決まって同じ音楽がかかるとか、いろいろ難はあるけれど」

いわば「浄化作用」があるという。

やがて、若い人の間にも、隠れファンどころか、おおっぴらなファンがいることが、だんだんにわかってきた。喫茶店のとなりの席で、まる出しの太ももにブーツといった、いかにも今どきのギャルふうの女の子が、何やらカバーを裏返しにした本を、いっしんに読みふけっている。

（いったい何に、そんなに夢中になっているのか）

視線をスライスぎみにすると、「陸一心は、北京の重工業部に」云々という文が目に飛び込んできた。こういうギャルも『大地の子』を読むのか。

五回、六回と、ドラマが回を重ねるにつれて、巷《ちまた》でそういうことが多くなってきた。七回め、すなわち最終回が放映されて、一夜明けた日曜などは、お昼を食べたソバ屋で、「実父が日本に帰るようすすめたのには、原作では、養父も連れてくるならお世話させていただくからって、ひとことがあるんだよ。一心の子どもの将来を考えてのことでもあるし、単なるエゴじゃないんだ。そこのところは、ドラマでもちゃあんと押さえてもらわなきゃ」

と力説しているおじさんがいたし、続いて入った喫茶店でも、女の子たちが、

「一心をやってる人、よくああうまいタイミングで涙が出るもんだね。ほんとにもう、涙ぼろぼろって感じ」

「あれで、撮り直しなんて言われたら、怒るだろうね」

「水分を補給しなきゃなんないんじゃないの」

などと噂していた。二軒の店連チャンで『大地の子』話がされていたのには、私もちょっと驚いてしまった。

が、かと言って、この私も全七回手放しで感動していたわけではない。あえて苦言を

呈すれば、七回めは駄作だったと思う。はっきり言って、無駄なシーンが多い。

とりわけ、一心の学生時代の恋人、丹青がからんでくるところ。美人女優はいくつ以上のシーンに出さねばならないとの決まりでもあるのか、最終回になって俄然登場回数が増えるのだ。自分の夫が仕組んだ罠により、一心が内モンゴルの製鉄所へ送られたと知った丹青は、夫の罪をあばき、一心を北京の重工業部へ復帰させる。そのために、自分は離婚し、別の人と再婚するため、アメリカへ旅立つ。そこまでは原作にもあるから、まだいいが、北京の家を去るにあたり、鏡の中の自分に「さようなら」、空港で夕陽に向かって「さようなら」と、しつこいことこの上ない。一度言えば、わかる。

しかも、よせばいいのに、空港で話しかけられた女の子にまで、

「あなたも大きくなればわかるわ。好きでなくても結婚するの。そう……、好きな人を忘れるためって言えばいいのかな」

と、ひとりごとめかして、のたまうのだ。

（くどい！）

といらいらした。そういう言わずもがなの台詞が多過ぎる。

そもそもなぜ「夕陽」かというと、これも私の怒りの原因なのだが、一心が北京に戻る前日、草原を歩いていたところ、駆けつけてきた丹青と、例によって「偶然」出会う。

「こうしていると、学生時代を思い出さない？」と丹青。すると、今さっきまで強制労働所時代に思いをはせていたはずの一心まで、

「僕もそれを思っていた」

と、えらく軽い。そして、これについては原作にもひとこと言いたいのだが、原作ではふたり夕陽をバックに抱き合って、あろうことか接吻までするのである。嘆かわしい。まじめさをもって知られる陸一心ともあろうものが、夕陽ごときでころりと参ってしまうなんて。しかも、彼の妻、月梅は単なる愛妻ではなく、二度までも彼を救った命の恩人ではないか。これだから、男は信用ならないと思う。

あのシーンがあるために、物語の終わりになって、私の感動がかなりそがれたことは、否めない。さすがにテレビでは、女性視聴者の反発を恐れてか、接吻なしの抱擁のみにとどめていた。

それから、実の父子ふたりでの長江の船旅。李白の詩で有名な白帝城にさしかかったとき、突然一心が中国語で詩を詠じはじめ、父が日本語で唱和するというシーンがあった。

「朝辞白帝彩雲間」

「朝に辞す白帝彩雲の間」

それがはじまったとき、私は思わず、

（ああっ）
と顔をおおってその場に伏した。長江下りというシチュエーションを知ったときから、嫌な予感はしていたのだが、それだけはやってほしくなかったというか。中国と日本に別れた父子が、異なる言葉で同じ詩を詠ずるという、ひとつのクライマックスかも知れないけれど、ドラマでそれをやられると、あまりに「いかにも」で、見ている方が恥ずかしくなってしまうのだ。ふつう、やるか、父と子が、こんなこと。

そして、いよいよ迎えた船旅最後の夜。ベッドに仰向けになったまま、一心の帰国問題を話し合うのだが、その間、画面にはそれぞれの顔のアップが、ちょうど二枚の写真を横に並べたように、えんえんと映し出されるのだ。あれは変。画面のまん中に継ぎ目のような線ができてしまい、どうしたって不自然である。もっと夜の河のようすとか、船室内の調度品とかを写せばいいのに、どうしてわざわざあんな手法をとるのだろう。いや、そうしたよくない傾向は、前の回からすでにあったな。第六回では、養父と実父がはじめての対面をするのだが、そのときもやはり、画面を縦に二分割して、それぞれのアップを並べていた。だいじなところほど、あれをやりたがるようだが、

「さあ、ここは見せ場ですからね、それぞれの表情をたっぷりと見て下さいよ」

と言われるようで、かえってしらける。どうも後半になるに従って、制作者の側のそ

ういう勘違いが出てきたような気がする。

難を言い出せば、話は第五回にもさかのぼる。その回では、一心が生き別れになっていた妹と三十六年ぶりに相まみえるのだが、妹はすでにして病気で死にかけていた。北京に連れて帰ろうと、妹を背負うと、ひと束の髪が、一心の肩に落ちかかる。その髪が、まるでヘアマニキュアでコーティングしたような、つやつやでコシのある髪だったのだ。どう見ても貧しくて栄養もろくにとれなかった人のものとは思えない。ささいな点をあげつらうようで、われながら意地悪いと思うけれど、そういう細かいところをこそ、視聴者は見ているものである。

そもそも妹は別れたとき五歳だったから、三十六年ぶりということは、四十一歳になっているはずだけれど、それにしてはあまりに若い。妹役は、日本人の若い歌手で、ダイエットして頬をこけさせたりと彼女なりに役づくりに励んだのではあろうけど、いかんせん、説得力に欠ける。

それから、第六回から多出する陸一心の日本語。うま過ぎる。一心は日本語はまるで忘れてしまい、大人になって一から勉強したことになっているので、その点では中国人と同じはずだが、他の通訳役の中国人の日本語と比べて、あまりに差がある。一心役の日本人男優は、中国語をこなすのにずいぶん努力したようだけれど、そのエネルギーをなぜ、日本語をへたに話す方に割《さ》かなかったのだろう。日本人に生まれながら、実の父と思うように会話が交わせなくてこそ、悲哀感もいやまさろうというものを。

それやこれやを総合すると、私としては第二回、三回が、ドラマとしてもっともできがよかったと思う。映像が美しく、話の運びにも緊張感があった。照りつける陽ざしの下、来る日も来る日も羊を追い、将来に何の夢も希望も抱くことができず、つらいだけだった草原での日々が、今振り返ると、生涯でもっとも輝かしい日々として、懐かしくさえ感じられるのはなぜだろう、というやつである。

その第三回の三十分間を見そこねたのは、返す返す残念だ。衛星チャンネルで再放送するというが、ウチは衛星は映らない。NHKのほくそ笑むのが目に見えるようだ。「悔しかったら、あなたも衛星の契約に加入しなさい」と。

と思いを断ち切れずにいたら、ある日の夕刊に「『大地の子』、未編集分を新たに加え、総合チャンネルで十夜連続再放送」のニュースが出た。きっと私のような人間から、クレームがどっと寄せられたに違いない。

再放送は、第一夜が一時間半、第十夜が二時間、後は一時間、はじまる時間も日によってまちまちなのが怖い。うっかり見そこねるといけないので、あらかじめテープを買ってきた。新聞の週間番組表により、前日に必ず録画予約する。

時間になると、テレビを点けていなくても、奥の方で何かが動く気配がし、テープがじいじいと回り出した。よし、よし、ちゃんと録画している。

「再生」は深夜。風呂をすませ、後はもう寝るばかりとなってから、じっくりと見た。見終わると、明日の録画を予約する。設定ももう慣れたものだ。日付、開始、終了時刻。すでに十二時を回っているから、日付は今日のになっている。

この間、私の生活は、まさに『大地の子』を中心に回っていた。就寝時間は連日、一時間から一時間半ずれ込んで、睡眠不足になったほどだ。

第十夜、画面に大きく「完」の字が出たときは、がっくりと力が抜けてしまった。この先、私は何を支えに生きていけばいいのという感じだった。明日の録画を予約することも、いそいそとテレビの前に座ることも、もうないのだ。

髪が不自然だの、抱擁はけしからんだの、あれこれ文句をつけつつも、それもまた楽しみのひとつであったことを、終わってみて私は知った。録画失敗に悔しがったことなども含めて、私の日常にひとつのメリハリというか、喜怒哀楽をもたらしてくれたのは、確かである。

かくなる上は、また何か夢中になれるドラマが出てくるのを待とう。が、連日連夜だと、生活のはしばしに支障をきたしそうなので、やはり週一回の放映が望ましい。

私のものぐさ自慢

家事の基準は人それぞれ

友人が、通販で掃除機を買った、と電話してきた。何でもドイツ製とかで、そっちの方に詳しくない私にはよくわからないが、吸引力が違うのだそうだ。

「畳のダニはもちろんのこと、布団の中のダニまで吸い出すのよ」

まるでそれが、すぐれた掃除機の指標であるかのようにダニ、ダニと強調する。

おかげで快適な暮らし。十何万もしたそうだが、高い買い物とは全然思っていないという。

世の中に、そこまで掃除機にこだわる人がいるのだとは。私も畳を箒でさっとなでるくらいはよくするが、掃除機まで動員するのは、年に五回あるかないかだ。ましてやダニがどうのなど、考えたこともない。

ことをさらに意外にしているのは、その友人が料理というものを、まったくと言っていいほどしない点である。外ですます、もしくは買ってきて食べるのどちらかだ。日頃の食生活を聞くにつけ、私は内心、

（この女よりは家事をしている）

と、ひそかに思っていたのである。が、掃除に関しては、まるで逆だ。

家事というのは、人によってかなりムラがある。ひとりの人の中でも、まめにするものと、そうでないものと。性格分析テストの図のように、掃除、洗濯、炊事と、それぞれの点を線で結んだら、まったく違う形になりそうだ。ある人は「炊事」が出っぱり、が、ある人は「掃除」が突出するというふうに。

誰しも、日々家事をしている上では、意識するとせざるとにかかわらず、

「これくらいでよかろう」

という、自分なりのめやすというか基準にしたがっていると思う。その基準が、人によりまったく違う。

しかも、ひとり暮らしだと、その基準が修正されるチャンスがないのが、怖いところだ。「キッチンの再点検」というと、生活雑誌の特集めくが、この機会に自分の家事を再点検してみたい。

一、炊事。

私の場合、料理はまあまあする方だ。家にいる仕事のせいもあり、昼も夜も外ということは、あまりない。夕飯も三日続けて外食だと、体の調子が悪くなる。

洗い物もためない。というより、後になるほどおっくうになるのを、経験的に知っている。前に、夕飯にニシンの塩焼きを食べた後、すぐサウナに出かけ、身も心もふやけきって帰ってきたとき、ニシンの脂べったりの皿や焼き網が流しに積み重なっているのに直面し、その場にへたり込みそうになった。

「自分が手をつけない限り、けっして片づけられることはない」

を、肝に銘じたできごとだった。

以来、即洗うことにしている。食べた勢いでいっきに洗ってしまうよりほか、汚れ物に立ち向かう気力は、私にはないのだと思い知った。まめさは、ものぐさの裏返しとも言える。同じスポンジでレンジまわりも磨いてしまう。だから、レンジは割といつもきれいである。

その代わり、というべきか、洗った食器は、なかなか拭かない。カゴの中で自然乾燥されるにまかせる。

そしてまたカゴから取り出して、使う。ふだん使いの食器は、ほとんど食器棚にしまわれたことがないのではなかろうか。

そのうちに、堆《うずたか》くなってくる。そうっと注意して伏せるようになる。

夜中、台所からのただならぬ大音響に、飛び起きたことも何回かあった。食器が山くずれを起こしたのだ。床のまん中まで転がり落ちているのが、すさまじさを物語る。

傷ひとつない皿や小鉢を拾い集めながら、

（安物の食器は割れないというのは、ほんとうだな）

と思う。焼き物にこだわるような「うるおいある生活」にもあこがれるが、こういうことをしているうちは、とてもとてもだ。

まめさで誇れるのは、ご飯の冷凍。食事がすんだら、ジャーに残さず、ラップにくるんですぐ冷凍する。しかも、一食ぶんずつ分けてくるむ。

テーブルの上に、切ったラップを並べ、しゃもじですくっては置く。食べ過ぎを防ぐため、なるべく少ない量にして。そうして、順々にくるり、くるりと包んでゆく。われながら慣れた手つきである。

あるときふと思いついて量ってみたら、どの包みもほぼ等しく五十グラムだった。誤差はプラスマイナス五グラム以内。熟練とはすごいものだ。

テーブルが狭いので、一回に並べられるのは六つくらい。それを二〜三回くり返すのだから、手間のかかる作業である。

食べた後なんてほんとうは、洗うものだけさっさと洗い、ひと休みしたいところだが、ここで力をふるいおこせば、この後一週間は食事のたびにご飯を炊く煩を免れるのだ。

そう考えると、ものぐさとまめの差が、いよいよわからなくなってくる。結局は「どこで楽をするか」の違いだけではないだろうか。

二、掃除。

掃除機の出動回数については、さきに書いたとおりである。

掃き掃除は、何日にいっぺんとは決めていないが、埃が気になってきたらする。じゅうたんの部屋はなく、畳か合成樹脂の床なので、小さな埃でも目につきやすく、インターバルは三日と開くことはないだろう。

ただし、椅子をテーブルに上げるまではしない。あっちずらしこっちずらしするだけなので、椅子の脚にはいつも埃がまとわりついている。ときどき、びっくりするようなかたまりが、ふわりと転がり出てきたりする。こんなにしょっちゅう掃いているのに、と意外に思うが、箒の風に吹かれるように、奥へ奥へと入り込んでいたものだろう。

椅子に限らず、家具を動かしての掃除はほとんどしない。冷蔵庫の後ろに、しゃもじ一本、電子レンジ用のフタ大中小三枚組のうちの小が、もう何年も落ちたままになっているのを知っている。日の目を見るのは、おそらく次の引っ越しのときだ。

拭き掃除となると、これはもう、年に一回するかどうか。台所の床は、白にベージュの格子柄の合成樹脂だが、ふだんよく通るところとそうでないところとは、まるで白さが違う。ソックスがいわば雑巾代わりとなるのだろう（洗濯のとき見ると、裏はいつもまっ黒だ）。日頃の行動曲線がひと目でわかる。

この前、預かってもらっていた宅配便を受けとりに、となりの家へ行ったとき、（うちの床ももとはこんなに白かったのか）

と、まぶしさにうたれるように感じた。同じ床板とは思えないほどだ。掃き掃除では落ちない汚れがある。

あるとき私は、ファックスについているハンドコピーで、本のコピーを試みた。バー状で、本体とはコードでつながり、ふだんは本体にはめ込んであるが、コピーするときだけ、受話器のようにはずして使う。とりたい頁に押しあてて、バーの方をずらしていく。よくコピー機の中を覗くと、光る棒が行ったり来たりしているが、あれを手動でやると考えていい。

開いた本を上に向け、台所の床に置き、ぶれないよう、慎重の上にも慎重を期して動かした。本体からプリントされて出てきた紙を見て、思わず、

「?」

本のまわりに、クレヨンで描いたような黒い斜めの線が何本も写っている。

やがて、わかった。床の汚れだ。ベージュの格子柄の上にさらに、パステルタッチの線が斜めに刻まれ、凹凸をなしている。その凹のところに、汚れがびっしり詰まっているのだ。

コピーだと、中間色というものがなく、白か黒かになるだけに、印象は強烈だった。ベージュの柄は写っていない。なんということ、本来の模様より汚れの方が濃いのである。

年にいっぺんでも、大掃除をしていれば、こうはならないかも知れない。まとめてするたいへんさが頭にあれば、ためないよう、日頃から心がけるはずである。食器洗いなどは、そうしてきた。

掃除については、その心理がはたらかない。日々の暮らしに支障のない限り、放っておき、いつの間にか自分の家の日常的な風景となってしまう。天井にもずいぶん埃がついているが、それもまた生活空間の一部のようで、私には何の違和感もない。コピーは

たまたま、それを別な目で見せたわけだ。

写真でも、同じようなことがあった。あるグラフ誌から「私の愛読書」を撮りたいということでカメラマンと編集者の二人が家に来た。

ふつうは、本棚に並べたところを撮るらしいが、わが家には、人様をお通しできる部屋に本棚がない。そこで、台所のテーブルに置くことになった。

背表紙を上にしてセットする。カメラマンの男性は、椅子に乗ってみたり、その上でさらに爪先立ってみたりと、かなり苦労しているようだ。カメラからいったん離れ、腕組みして悩んだ末に、

「よし、降ろそう」

と、決然と言い放ち、

「はいっ」

すかさず答えた編集者の女性と、ふたりひと組で抱え上げ、目にもとまらぬすばやさで床に降ろしてしまったのである。

（ああっ、そ、そこは）

心の中で叫んだが、あまりに機敏な連係プレーに口をさしはさむ暇がなく、さしはさめたところで、まさか、

「そこは掃除をしていないので、やめて下さい」

とも言えず、

(ふたりともプロだし、本だけのアップを撮るか、レイアウトのとき背景を切るかするんだろう)

と、かすかな望みをつなぐことにした。ところが、ひと月後送られてきた雑誌には、期待をみごとに裏切って、本のまわりに例の斜めの線がしっかりと写っていたのである。しかも、カラーで。

おそらく、あまりに堂々と黒いため、二人ともそれが汚れだとは思わなかったのではないか。はじめからそういう模様だと。でなければ、ほかならぬグラフ誌なのだから何らかの処理をするはずである。

この、写真によって家事の盲点があらわになってしまったことは、まだあって、同じく台所で撮影したとき、雑誌が出た日に、母親からさっそく電話がかかってきた。

「あなたのやかん、まっ黒」

むろん、やかんを撮りにきたわけではないが、椅子に座った私の後方に写っていたらしい。

私はまだその写真を目にしていなかったが、言われて見て、われながらぎょっとした。

すまして腰かけている私の肩ごし、ぴかぴかに磨き上げたレンジの上に、ずず黒いかたまりが乗っかっている。それがやかんとは。長年の使用で煤けたらしい。

「人様にみっともない、やかんくらい買ってあげるから」

と母は嘆いていた。

私の母は、どうしてこの親からこの娘が生まれたのかと不思議になるほど、几帳面な人だ。が、その彼女とて、家の中のすべてをまんべんなくきれいにしているわけではない。たまたま親の家の電子レンジの中を覗き、あまりに汚いのでびっくりしたことがある。飛び散った汁が熱で固まり、あちこちにこびりついている。

母によれば、購入したとき電気屋に、

「けっして中を水拭きしてはならない」

と言われたので、以来ずっと守り通しているという。彼女にとっては、電子レンジとは「そういうもの」なのだ。

洗った食器はすぐに食器戸棚にしまう母と、電子レンジはこまめに拭く私。家事の基準はほんと、人それぞれだと思う。

三、洗濯。

小さい子どものいる人は、

「何がたいへんと言って、日に三べん洗濯機を回すのよ」

と言っていた。

私は何日にいっぺんと数えたことはないが、はくストッキング、もしくはタイツがつきてきたな、と感じたら洗濯する。

洗うのは機械がやってくれるので、なんてこともないが、問題はその後。

ひとつひとつしわを伸ばし、整形してから吊すのほど、おっくうなことはない。はしからぱーっと下げていくだけなら、どんなにいいか。が、そこで手を抜くと、脱水機にへばりついていた形のまま乾くので、アイロンを念入りにかけなければならなくなる。これも結局は「どこで楽をするか」だ。

アイロンは、これはもう、相当やる気を起こさないと、とりかかれない。

(そのうちアイロンをかけて着よう)

などと思っていると、あっという間にワンシーズン過ぎてしまう。

私には前にも書いた「もったいない心」があるから、ブラウスはなるべくクリーニングに出さず、家で洗う。が、それらは、着用のローテーションから脱落してしまうことが多い。干したときのハンガーにかけたまま一年以上になるブラウスが、私の箪笥には三着ある。

その代わり、ひとたびコンセントにさし込むと、まるで私の体にまで通電されたように、突然わっとかけはじめる。三着、四着は当たり前、この機を逃したらまたいつかけるかわからないのだからと、連続運転でかけ続ける。

そして、ついに力つきて倒れる。疲労の中で思うことは、

(ああ、アイロンて、なんてたいへんなんだろう)

そのくり返し。

四、その他の家事。

布団干し。

晴れた日に、あっちのベランダこっちのベランダから、ぱーんぱーんと布団叩きの音が住宅地の空にこだまするのは、平和な日常の象徴ともされているほどだ。が、もともと会社勤めで、昼間は家にいない生活をしていた私は、あるときまで布団干しの習慣がなかった。

それが突然干すようになったのは、一昨年の十一月。ことのはじまりは、同じ年の二月にさかのぼる。スーパーの「冬物寝具値下げ市」で、はじめて羽毛布団を買ったのだ。

その冬はひと月も使わず、押し入れにしまい、ふたたび寒くなりはじめた十一月、九か月ぶりに、出してきた。そして翌朝目覚めたら、肩がばりんばりんに凝っていたのである。

これはもう、夜中によほど冷え込んだからに違いない。そう思い、その夜はさらに深く布団の中にもぐり込んだ。が、翌朝も同じこと。

(何が原因だろう、どうしてだろう)

考えに考え、はたと思い当たった。

(もしかして、布団が重いのでは)

むろん、軽くて暖かいのが羽毛布団の身上である。が、九か月間押し入れにしまいっ放しにしていた間に、湿気を吸い放題に吸ったのではないか。日に当てるべく、ベランダの物干し竿にかけようとした。ところが、重いこと、重いこと。

膝を使って蹴り上げて、胸にはっしと抱え込むまではしても、そこから先がどうしても上がらない。両手両足で布団に抱きついたまま、その場に這いつくばってしまう。小野道風だったか、蛙が柳の枝に飛びつこうとくり返しトライするのを、飽かず眺めていた風流人がいたが、もし誰かがうちのベランダを見てたら、まさにそういう図になっただろう。何回やっても持ち上がらず、ぜいぜいと、その場にへたり込んでしまった。

タグには「重量二キロ」とあるが、そんなものではないのはたしか。私は十キロの米袋をやすやすとかつぎ上げることのできる人間だ。どう少なく見積もっても、二十キロはある。

ひととき思案にくれてから、

（そうだっ）

とひらめいた。わが家には、布団乾燥機なるものがあったではないか。長梅雨だった年の六月二十六日に、私に似ず几帳面な母が、前ぶれもなく送りつけてきたのである。なぜ六月二十六日かというと、その日は私の誕生日なのだ（しかし、布団乾燥機がお祝いとは……）。

そのときの私は、丁重に礼は述べつつも、内心、

（別に梅雨でなくても布団なんか干しやしないのに）

と思っていた。そして、母には悪いが、部屋のすみで埃をかぶっていたのである。

説明書を読みつつ、布団の下にセットする。幸い、まだ動くようだ。

スイッチを入れると、温風が送られはじめる。中に人が寝ているかのように、ぷあーとふくらむ。あれだけの重さを持ち上げるのだから、たいへんな力だ。

その夜、ベッドに入ってみて、あまりの軽さに驚いた。これが、羽毛布団本来のかけ心地だったのだ。

それからは、晴れ間を見ては、せっせと干すようになった。

しかし、日に当てるのは殺菌効果があるというが、布団とはそもそもどのくらいのインターバルで洗うのだろう。そもそも羽毛は洗えるのか。

購入して二年になるが、まだ洗ったことがない。これも、人に言うと、

「えっ……」

と絶句されるようなことなのか。

洗わないものと言えば、カーテン。群ようこさんの「自慢」と題するエッセイに、家事の話があった。群さんが、

「カーテンを丸一年、洗ったことがない」

すると群さんの友人が、

「私なんか引っ越してから八年間、ずーっと同じカーテンをぶらさげたまま」

と豪語したという。

自分のカーテンを横目で見た。私も引っ越してから洗っていない。今年で十年めになる。

しかも、それを自慢にも思っていなかった。自慢するのは、

「もっとしばしば洗うべきところを」

との認識があればこそで、私にはその認識すら欠けている。

引っ越してからいっぺんも洗っていないものは、カーテンの他にまだ三つある。網戸、雨戸、換気扇。その下のレンジは、いつもぴかぴかに磨き、炊きたてのご飯を一食ずつラップにくるんでいる自分。

家事とはムラのあるものだと、あらためて思うのである。

謎のゴミ調べ女

生活の一大事

私がある会社にパートとして通っていたとき、駅に向かう間に、毎日といっていいほどよくすれ違う女性がいた。パートは九時半からで、会社員の人たちの出勤時間とずれていたために、通りは割とすいていて、遠くからでもよく見えた。

年の頃は四十半ばくらい、黒い髪を後ろでひとつに束ね、サンダルになぜか必ずハイソックスをはいている。手にはスーパーのポリ袋を持って。そして通りを右へ左へ渡りながら、あっちに足を止め、こっちにかがみ込みしてやって来る。

近づくにつれ、わかった。ゴミの出し方をチェックしているのだ。電信柱に寄せてある袋を覗き、ときには開けてみたりして、左右に並ぶ収集所を、ひとつひとつたんねんに調べているのである。

私は日々、今日こそは彼女と至近距離ですれ違うのではと、ひそかに期待しつつ歩いていた。ところが彼女は、直前へ来ると、通りの向こう側へとコースを変えてしまうのだ。それまでのジグザグのパターンに変更をきたしてまでも。他人のゴミをあばく姿は、人に見られたくないのだろうか。

ゴミ出しは、生活の一大事だ。掃除、洗濯には必ずしもまめでない人でも、しないわけにはいかない家事である。私たちの暮らしは、もはやそれなしには立ちゆかなくなっていると言っても、過言ではない。

連休などで、出せない日が続くと、そのことを実感する。口を結んだポリ袋が、台所のすみにどんどん重なっていく。

収集日の朝などは、ほとんどうずうずしている。明日はもう出すばかりなのだからと、前の夜から、靴脱ぎのところまで移しておいたりする。

私の住む市では、「燃えるゴミ」が月水金の週三回。月曜は、前の収集からインターバルが開いているし、土日もはさまるせいか、収集所に出される袋も多い。ポリバケツからあふれ返り、道路にまで転がっていたりする。どの家もためにため込んでいたものを、それっとばかりに放出した感じだ。水曜は、中だるみとでも言おうか、比較的少ない。

火曜は、一回しかない「燃えないゴミ」の日だから、これはもう先を争うように積んである。これを逃すと後一週間はないという焦りが、出し方にも表れている。収集も時間がかかるのだろう、昼過ぎてもまだ来なかったりする。

私のところは市のはしっこにあたるせいか、だいたいにおいて収集車の回ってくるのは遅い。燃えるゴミの日でも十一時近く。早く出したい一方で、できるだけその袋に詰めて次のゴミの日までの間ためておく量を少なくしたいとの考えもあるから、ぎりぎりまで置いておく。部屋を掃いて、そのゴミを捨ててからにしよう。掃除の後ちょっと一服し、そのお茶がらまで入れてから、持っていこう。

そうやって惜しみ惜しみしているうちに、いつの間にか車が行ってしまっていることも、往々にしてあるのだ。「これ以上は詰め込めません」というくらいぱんぱんに張った袋を、両手いっぱい下げて通りに出たら、倒れたポリバケツの中を風が渦巻き、防鳥ネットはもぬけのから。あの光景ほど、力の抜けるものはない。通りのまん中に、呆然として立ちつくす。

燃えないゴミだったりすると、打撃はいっそう大である。より重く感じられるようになった袋をずるずると引きずって、しかたなくまた持って入る。

が、そんなのは、ゴミをめぐる喜怒哀楽としては、まだ序の口。私がもっとも頭を悩ますのは、ゴミの分別だ。

ビニール袋はどっちに分別？

私はいつも流しのそばにフタ付きのダストボックスを置いていて、中に「燃えるゴミ」用、「燃えないゴミ」用、二枚のポリ袋をくりつけている。そして、食事の下ごしらえなどをしながら、ぱっとフタをとっては、どちらかを瞬間的に判断して放り込む。

ところが、その判断が、とっさにはつかないものがある。いい例がラップやビニール袋。スーパーのレジの先にある半透明のポリ袋なら燃える方だが、透明のが迷うのだ。

私は日頃より、「燃えないゴミ」はなるべく少なくしたいと思っている。テレビで、埋立地の投棄場のようすを見て、空恐ろしくなってしまった。燃えるものなら灰になり、やがては溶けて流れもしよう。が、プラスチックや発泡スチロールなどは、人間が捨てたところで、いかなる自然の力をもってしても、無にすることはできないのだ。

（このままでは日本は滅びる！）

というのが、その映像から受けた衝撃。せめて、できるだけ「燃えないゴミ」を出さないようにしようと心した。

ところがまた、「燃えないゴミ」になるべきものの多いこと。一回の買い物でも、卵のパック、豆腐のケース、納豆のカップ、切り身魚のトレー、ほうじ茶のアルミパック、ヨーグルトのフタ、歯ブラシのパッケージの透明部分と、これだけある。私ひとりで、一年にどれくらいの量を排出するのか。

発泡スチロールトレーは、白に限って、スーパーで回収するというのを知ってからは、せっせと持っていっている。が、同じ白でもなぜか、「納豆及びしめじのパック」はだめなのだ。納豆は匂いの問題かも知れないが、それと並んでなぜ「しめじ」か、私にはどうしてもわからない。

卵のパックも、リサイクルを示す矢印のシールがついている。が、私の行くスーパーで回収しているのは、白いトレーと牛乳パックだけ。

諸々の謎を抱えていたら、ある日、スチロールトレーのリサイクルがはかばかしくないという記事が、新聞に載っていた。潔癖症候群の今の人たちが、嫌がるのだとか。

「バカか？」

思わず声に出して叫んでしまった。そういう人間には、人の吐いた空気は吸うなと言いたい。

そんなわけで、「燃えないゴミ」はなるべく少なくしたい気持ちが、私の中には常にある。そこで迷うのが、ビニール袋とラップ。プラスチックに似ているが、火のそばに置くと穴が開くくらいだから、力ずくで燃やしてしまえるのでは。そう思い、「燃えるゴミ」として扱っていた。

ところが知人は、

「ええっ、ビニールはだめなんだよ」

焼却炉の内側にくっついてしまい、処理場でも問題になってるという。知らなかった。ゴミの減量化に努めていたつもりが、逆に処理を妨げていたとは。それからは、とにかく透明なものはすべて「燃えないゴミ」にすることにした。

すると、ためらわれるのが、ラップの使用だ。電子レンジのある生活にとって、なくてはならぬものである。前にも書いたように、私はご飯を炊いたら即、一食ぶんずつラップにくるんで冷凍し、われながら賢い方法だと考えていた。が、燃えないとなると、話は別だ。東京湾にどんどん埋められていくかと思うと、こうしてくるんでいることそのものが、反社会的、反地球的行為に感じられる。

すると、別の知人が、

「ラップはいいんだよ、燃える方で」

電子レンジで熱を通しただけで縮むくらいなんだから、燃えないはずはないと。が、それを言うなら、ラップにもたしか、耐熱温度が高いのと低いのと二種類あったような。

そうこうするうち、またまた新説が出た。

「ラップはもちろん、ビニール袋だっていいんだよ」

アパートのとなりの奥さんである。

「ちょっと前までは、黒いビニール袋でゴミを出してたくらいなんだから。あれはつまり、ゴミといっしょに燃えるからでしょ」

がっくりきた。

(ビニール類は「燃えるゴミ」に混ぜてはならない)

と、ティッシュペーパーの箱の取り出し口のビニールまで、わざわざはがしていたのである。

市で配っている「わたしの便利帳」のゴミの項を調べると、プラスチック容器、スチロール皿、アルミホイルなどを、「燃えないゴミ」と図示してあるが、ビニール、ラップには、言及していないのだ。

前に読んだ、新聞の投書を思い出した。ある主婦が、知り合いの家に行き、そこに集まっていた奥さんたちのゴミの分別のしかたが三者三様だと気づいたとかで、

「みなそれぞれ正しいと信じた基準に従って、せっせと分けているけれど、その基準がばらばらだとは、なんとも言えない無力感にとらわれた」

と。同感である。

しかし、「わたしの便利帳」で、はじめて知ったこともずいぶんあった。靴、鞄などの皮製品や陶器。これらは、もとが動物とか、土といった自然のものであるために、燃えると思い込んでいた。

(土から生まれたんだからやがては土に還るでしょう)

と。それが「燃えないゴミ」という。ティッシュペーパーの箱のビニールよりもっと罰当たりなことをしていたのだ。たしかに、土云々を言い出せば、石油製品だって、その大もとである石油は土から生まれているわけで、「燃えるゴミ」になってしまう。

「わたしの便利帳」で燃えないとされるものには、「灰」まであった。灰燼《かいじん》に帰すの喩《たと》えのとおり、可燃物中の可燃物と思っていたが、灰はもうそれ以上燃えようがないということか。

そうなると、ビニールコートされた紙はどうなるのか。内側がホイル張りの紙の箱は。深みにはまっていくばかりだ。

恥ずかしながら私は、ガラス瓶を回収していることも知らなかった。燃えないゴミと同じ日に「資源ゴミ」として別に集めているという。そうとは知らず、「もったいない」

と、ぷんぷん怒りながら、燃えないゴミに放り込んでいたのである。「自然派」をうたう化粧品の容器がガラスだったりすると、

「肌にやさしいだけでなく、地球にもやさしくしろ、地球にも」

と投書しそうになったほどだ。ガラスとプラスチックとの容器があれば、消費者としてはまだプラスチックの方を選ぶべきと、信じて疑わないでいた。

今はせっせと「資源ゴミ」に出している。キャップをはずし、中までようく水洗いして。

ラベルのはがれにくいものは、前の日から洗面器につけて、ふやかしておく。それでもとれないと、金属タワシでこする。

ごしごしとタワシを動かしながら、

（こんなことしなくても、処理場にはきっと、接着剤などたちどころに溶かしてしまう化学薬品があるのだろうなあ）

と思う。罪滅ぼしにしているだけに過ぎないような。

こうしてリサイクルに協力したつもりでも、収集車が「資源ゴミ」とみなさずに、燃えないゴミとして持っていっては何にもならない。ひと目でわかるよう、透明なビニール袋に入れて、マジックで資と大書する。質屋のマークのようである。どうもゴミに関

しては、何をやっても、的はずれな努力をしているような、空しさがつきまとう。

黒いビニール袋に代わって、半透明の袋が導入されたときは、「分別の徹底化によりゴミの減量化を図る」がうたい文句であった。が、私が抱いたのは、

(分別は進んでも、量そのものは変わらないのではないか)

との疑問である。むしろ、「燃えるゴミ」に紛れ込ませていたパックなどが、そうはいかなくなることで、「燃えないゴミ」はかえって増えるのではなかろうか。

分別の徹底化による減量化とは、「資源ゴミ」として再生可能なものの回収率を高めることが狙いと言う。ならば袋をいじるだけでなく、製品そのものに、それこそ資源になるなら(資)、燃えるものは(可)、燃えないなら(不)とばんばんマークをうってほしい。そうしたら、いちいち迷わなくてすむのだが。

プライバシーにご用心

半透明の袋の導入にあたっては、プライバシーをどう守るかが、新聞の投書欄でもさかんに論議されていた(こうしてみると、私も結構、投書欄を読むのが好きだ)。反対派からは、

「既婚者の方は、お宅の夫婦生活が週に何回かわかってしまいます。女性は、生理日が月のいつ頃かわかってしまいます。ゴミ袋の中は、他にも文字にするのがはばかられるようなプライバシーでいっぱいなのです」

といった声や、病院のゴミ袋の中の書類から、患者さんに住所をつきとめられ、家にやって来られたという看護婦さんの経験談が、紹介されていた。

が、そうなるともう、黒だから守られるという問題ではないのでは。ゴミ袋にはその家のプライバシーが詰まっているというのは、たしかにそうだが、夫婦生活の回数なんて、袋の外からではわからない。逆に言えば、そういうことを覗き見たい人は、黒だろうと半透明だろうと、開けるだろう。

私も住所と名を書いてあるものを捨てるときは、気をつかう。封筒は古紙回収に出すが、宛名がシールになっていたら、シールだけはがし丸めて捨てる。じかに書いてあれば、黒マジックで消す。

ところが、これがなかなか塗りつぶせないものだ。どうしても、下の字がわかってしまう。あまりにでかでかと大書してあると、あきらめて封筒ごと裂いて捨てる。宛名をなるべくシールにし封筒の回収率を高めるのと、シールのぶんの紙の消費をおさえるのと、どらが資源節約になるのだろうと、いつも思う。

古紙は、新聞、チラシ、雑誌類の三つに分けて、ドアの外に出す。束ねるのは業者の方でしてくれるので、重ねておくだけでいい。

仕事がら、私のところには、雑誌がよく送られてくる。ひと頃は、週刊誌だけでも「週刊朝日」「週刊読売」「週刊文春」なぜか「週刊宝石」「週刊プレイボーイ」と五誌を数えていた。その他に月刊誌もかなり来る。家の中に置くとすぐたまるので、なるべく早く出しておく。

すると、ときどき雑誌だけが、忽然と消えるのだ。新聞、チラシはそのままで。チラシ広告などを放り込みに来た人が、読みたいものがあったため、持っていったのではとも考えた。が、ポスティングをしている彼らを見ると、リュックはチラシだけで重そうで、とても雑誌など持ち去れそうにない。

もしかしたら、新聞、チラシも扱ういわゆる古紙回収とは別の、雑誌専門の業者がいるのではなかろうか。そして、どこかに売るのでは。

近所の古本屋の店先に、まっさらな「週刊プレイボーイ」がビニール袋に入れられて並んでいるのを目にするたび、

(ううむ)

と、まじまじ眺めてしまう。

「週刊プレイボーイ」と「週刊宝石」だけが抜かれていることもある。ハダカ系の雑誌からなくなっていくのも、流通説を裏づける気がしてならない。あとの三誌があからさまに残されていると、

（持ってくなら全部持ってけ。選ぶな！）

と言いたくなる。

古紙回収との、もうひとつの違いは、ちり紙を置いていかないことだ。早い話、タダ取りである。

しだいに、なくなり方が早くなった。

（あの家には、新しいのがある）

と覚えられたのかも知れない。朝出したのが、昼過ぎには消えていたりすると、さすがに不気味の感を否めない。

何社かの業者が競合しているフシさえある。この頃では、一時間しないうちもうなくなっている。こちらとしては誰が持っていくのでも、タダ取りでもいいから、とにかく新聞、チラシもいっしょくたに持っていってほしい。

紙でおっくうなのは、箱である。箱は業者は回収しないので、「資源ゴミ」に出す。その出すまでが、手間なのだ。つぶして折りたたみ、紐をかけて束ねる。昨今の箱は、

中仕切りをしてみたりと、作りが複雑なだけ、よけい手間がかかる。

日曜に親の家に行ったら、ふたりとも相撲中継を見ながら、手だけはそれぞれ、到来物の箱をこわしていた。いずこも同じだ。

「箱つぶしで、どれだけ時間をとるか知れない。年がら年じゅうやっている」

と言う父親の言葉に、まったく同感であった。

今は資源節約のためよりも、つぶす労を厭うて、箱を断るようにしている。それなのに、デパートの販売員の中にはいまだ、箱に入れるのが正しい売り方と信じてゆずらない人がいて、

「いえ、もう、ほんとうに、紙袋か何かにじかに入れて下さればいいですから」

と半分逃げ出すようにしながらお断り申し上げているにもかかわらず、れいれいしく箱におさめてきたりする。

一方で、ゴミの出し方にまったく神経をつかっていない（としか思えない）人たちもいる。

この前も、となりの奥さんとその話をした。「燃えるゴミ」の日の朝出しにいくと、カップラーメンの器、割箸、ペットボトル、漫画雑誌がいっしょくたに突っ込まれた袋が転がっていたのだ。

そりゃ、私だって、屑籠の中のものを袋に移すとき、(あっ、何か胃薬の袋らしきアルミっぽいものが入ったけれど、ま、いいか)と、ついついそのまま出してしまうこともある。が、その袋の主は、はじめから分別しようという気さえないのである。

収集所は、通りからやや奥まっているために、不法投棄しやすいのか。となりの奥さんは、九時頃帰ってきたときに、夜陰に乗じて投げ込む人を目撃したという。見られているのを知ってか知らずにか、向かいの二号棟の外階段を足音高く上っていった。

「二号棟は独身男性が多いからね。ゴミのことなんて考えてないんじゃないの」

と奥さん。どうしても犯人捜しみたいな話になってくる。

駅への通りでゴミの出し方をチェックしていた、女性のことを思い出す。今にしてみれば、いつも私の出勤時間と重なったのは、単なる偶然ではなく、よくよく考えられた時間であった。

ゴミは、朝九時までに出すことになっている。私は八時五十六分の電車に乗るべく、家を出ていた。すなわちあの時間は、その日のゴミがほぼ出そろい、なおかつ出勤はピークを過ぎて、人通りが比較的少ないという、ゴミ調べにはかっこうの条件を備えていたのだ。

「犯人探し」ついにはじまる

そして、となりの奥さんと話してから数日後の夕方七時近くのこと。駅ではなく、バス通りから帰ってきた私は、ゴミ収集所から聞こえたごそごそっという音に、立ち止まった。

(不法投棄か、あるいは猫か)

おそるおそる覗くと、暗がりに女性がしゃがみ、小枝のような棒きれを持って、コンクリの上で何かをせっせと仕分けしている。ゴミ調べである。

そのとき受けた印象は、ひとことで言って、

(うちの方にも、ついに出たか)

というものだった。「出た」と言うと、化け物のようで失礼だが、まさにあの朝の人が久々に出現したかのようだった。

しかし、私がパートに通っていたのは十年前。十年にわたり、人のゴミを調べ続けているのだとは。闇にうずくまる後ろ姿には、信念よりもっと深い「情念」に似たものさえ感じられたのだ。

が、髪型は同じでも、顔や体つきが丸くなったような。年の頃は四十半ばと、十年前

と変わらないのも、気にかかる。駅までの間はとなりの区、こちらの市には市でまた別のゴミ調べ女がいるのだろうか。

ある晩は調べ疲れてか、アパートの石段に座っていた。植え込みの陰になっていたので、急ぎ足で帰ってきた私は、危うく踏みつけそうになってしまった。

「うわっ、すみません」

びっくりして飛びのくと、さすがの彼女も肝をつぶしたようで、腰をかがめたまま、すすすと逃げてしまった。

朝十時半頃のんびりとゴミを出しにいったら、まさに調べのまっ最中だったこともある。どうしようかと思ったが、持って戻るわけにもいかないし、正しく分別しているはずだから、やましいことはないと考え直し、

「おはようございます」

と、こちらから声をかけて近づくと、そそくさと背を向けていってしまった。彼女は彼女で、正しいと信じてしていることならば、堂々としてくれればいいのにと思う。

そうこうするうち、収集所の塀に、黒マジックで書いた紙が貼り出された。右上がりの角張った字だ。

「ゴミ出しはルールを守って下さい」

仕分けをしていた後ろ姿が、ほうふつと浮かび上がった。が、この筆跡と結びつけられるものは、何もない。

紙はところを変えて何回となく貼り出された。

やがて、ある日から、文言が一転した。

「おかげさまで、だいたいの目星がついてきました。もうしばらくお待ち下さい」

棒きれを手にした彼女の、「ふっふっ」という含み笑いがもれてくるようだ。こうなると「情念」を通り越し、「執念」と言える。

しかし、あまりひどい出し方ばかりしてあると、犯人を突き止めたくなるのもわかる気がする。

興味しんしん妊娠話

懐かしのABC

類は友を呼ぶと言うべきか、私のまわりはひとり者が多い。結婚している人もいるにはいるが、妊娠、出産の経験者となると、皆無である。

その私たちが何かのきっかけから、妊娠・出産話で盛り上がる。むろん、例はみな伝聞形だ。

「初産は、やっぱりきついらしいよ。私の友だちは、夜十時に陣痛がはじまって、生まれたのが翌朝の十時だってよ」

「私の知ってる人なんか、三十六時間かかったって」

「三十六時間て言ったら、まる一日半じゃない。その間食事もしないわけでしょ。そんなに長い間、飲まず食わずでいきめるものかね」

「トイレはどうするんだろう」

話題からして、あまり大きな声は出せないので、額を寄せ合い興味しんしん話している。

このノリは何かに似ていると思ったら、わかった。中学、高校のときの「保健体育」話だ。

あの頃は、休み時間というと、飽かずその種の話をしていた。AとかBとかいう、今となっては懐かしい言葉も。異性間の行為の進み度を表すものである。Aは手をつなぐ、Bはキス、Cはさわり合う、Dは……だった。Aが「いっしょに帰る」からはじまる説もある。

と思っていたら、

「いいや、違う」

誰かがよその学校から、Aをキスとする説を仕入れてきて、全員で「どひゃーっ」とのけぞった。Aでいきなりキスなんて言ったら、Dはどこまで行ってしまうのか。

その説を披露した人によれば、Dこそは「妊娠」ということだった。

こういう話になると、男子はまったく輪の外である。私は中、高とも共学だったが、十代なんて、おたがいを同じ生き物とみなさないようなところがあるし、特に中学の頃

は、女子の方が男子よりも精神年齢が高いと思っている。箒を振り回し、サル山のサルのように机の間を走り回っている男子を、

「ガキは……」

と一瞥《いちべつ》しながら、自分たちはまるで人生の一大事を話し合うように、ひそひそとAB話に興じていた。

高校生になると、話の内容も、もうちょっと具体性を帯びてくる。

「Dってさ、百メートル走を全力で走るのを、トラック一周ぶんやらされるよりきついんだって」

と、まことしやかに言われ、私は恐れをなした。そんなことをしては、心臓が破裂してしまうではないか。ここで言っているDは妊娠の前の方のDである。

Dの苦しさについては、いろいろな比喩を用いて語られていた。いわく「百メートルを世界記録級の速さで走るより」「百メートルを十本続けざまに走らされるより」。どれもみな「百メートル走」がらみなのが、高校生の限界といえようか。体育の苦手な女子にとっては、百メートル走というのが、考えつく中で、もっともつらいことだったのだ。

百メートルなんて一本走らされただけで、ぜいぜいと息の上がってしまう私は、

(私には、とてもできない)

と思った。そんなことをして、大人がみな死にもせずに生きているのが、不思議である。

Dをめぐっては、周辺部のさまざまな噂が飛び交っていたが、私たちがどうしてもわからなかったのは、

「そもそも、どうして入ることができるのか」

という点だった。鼻の穴に、節分の豆ならわかるが、まるのままのみかんを突っ込もうとするようなもので、直径から考えれば、不可能とするのが、理の当然である。

「絶対入るわけないよね」

「うん、ない」

と、強くうなずき合い、結論としたが、なお謎の感じはあった。

どなたかは忘れてしまったが、ある男性のエッセイによると、その人が高校生だった昭和二十年代、町の映画館に『夜の接吻』なる邦画が来ることになったという。生徒たちは色めきたった。何しろ洋画ではなく、邦画である。接吻なんて西洋人のするものだ、日本人がそんなことをするなんて信じられない。あまりに騒然となったため、学校側は、映画館への立入りを禁じる措置に出た。

私は爆笑してしまったが、私たちの高校生の頃の無知ぶりも、たいして違わないかも

知れない。基本的に「遅れた」学校だったのである。

だいたい私は、小学校六年くらいまで、赤ちゃんというのは、男と女が結婚すると、女性の体の細胞か何かが、男性とひとつ屋根の下に住むようになったことを「自然に感じとり」、それを受けて子どものもとが、ある日ぽっかり腹の中に生じるのだと思っていた。それだと、兄弟や居候の従兄弟がいた場合、細胞の方で勘違いしてしまわないかとの疑問はあるが、そこは細胞のことだから、よくしたもので、自分と遺伝的つながりのある人間は、いわゆる男性とみなさず、したがって子どものもとは発生しないと、つじつまを合わせていた。

しかし、四年か五年くらいには、女子だけ家庭科室かどこかに集められ「赤ちゃんの生まれるしくみ」みたいなスライドを見せられていたはずだから、先生の話を何も聞いていなかったことになる。いや、たぶん説明は、「ある年齢になると、子宮の中に、赤ちゃんの寝床が用意されますが（着床と言うがごとし）、妊娠しないと、寝床が要らなくなるので、月にいっぺん、外に出されます」くらいの曖昧なもので、その寝床に寝るべき赤ちゃんのもとは、相変わらず細胞が「自然に感じて」できると思っていたのだ。

終わって、ぞろぞろと教室に戻ってきた私たちに、ひとりお姉さんのいる男の子がつかつかと近づき、

「お前ら、セイビの話、してたんだろ」

と、訳知り顔で言った。生理、整理、整備？

私たちは腹を抱えて笑い、そのひとことで、せっかくの「性教育」も飛んでいってしまったようだ。

私がお産をためらう理由

今の私の妊娠、出産に関する知識は、中学、高校時代の「男女の話」と、同じくらいのレベルではないかと思う。そして、その点については既婚者であっても、妊娠を考えていない限り、たいして差のないことがわかった。やはり人間、必要に迫られないと、知ろうとしないらしい。

例えば、有名なつわり。お嫁さんが突然吐き気をもよおし、流しにだだっと駆けつけて、お姑さんが「あなた、もしや」と言うのが、ドラマなどで妊娠がわかるパターン（流しの底は映らない。吐き終わった嫁の顔だけ）だが、そもそもつわりとはいつ頃来るのか。はたまた、妊婦は酸っぱいものが食べたくなるという、あの伝説は。

前に、仕事の人たち何人かで食事に行き、お腹がいっぱいになり、店を出たところで、女どうし、

「苦しい、私もう三か月」

「ほんとだ、あら、今蹴ったわ」

と腹をさわり合い、ふざけていたら、

「君たち、ほんとに妊婦のことを知らないなあ」

と子どものいる男性から呆れられた。蹴ったりするのは、十月十日もよほど後期になってから。三か月では、まだまだという。

どうも、ドラマのせいか、①風邪だと思って医者に行ったら「おめでたです」②会社から帰った夫に「あなた、実は……」③「やったー、××子」妻を抱き上げくるくる回る。「だめよ、赤ちゃんにさわるわよ」、あるいは、①日曜日、ソファーで子どもの靴下を編んでいると②夫が腹に耳をあてる、「お、動いてる、俺に似て元気のいい子だな」③ふたり微笑む、といったシーンなら、見てきたように思い描けるのに、かんじんの知識となるとあまりに断片的で、ほとんど噂の域を出ないことに気づく。帝王切開と言うが、「帝王」とは何ぞや。そんな名の部位が、人間の体にあっただろうか。

私のイメージでは帝王切開とは、臍の下あたりを縦に切開することだ。子どもの頃いっしょにお風呂に入ったおばさんで、そういう縫い目のある人がいた。いや、あれは盲腸の跡だったかな。

とにかく、子どもが本来の穴から出ない場合、手術してとり出すものとは知っている。しかし、そのとき内臓はじゃまにならないのか。腸などをかき分けかき分け、赤ちゃんをとり上げるとしたらたいへんだ。そもそも消化器系と子宮との位置関係はどうなっているんだろう。臨月に近づくと、子宮が腹の皮一枚下すれすれのところまで、せり出して来るのだろうか。

産むときは、麻酔をかけないというのも、二十五過ぎてはじめて知った。

「当たり前じゃない。力が入らなきゃ、いきめないじゃないの」と友人。

私をもっともびびらせたのは、

「いよいよ出るというとき、あそこを鋏で切る」

というもの。その話を喫茶店で聞いたとき、私は思わず、

「うう——」

と椅子の上で身をよじった。なんと野蛮な。口の中に裁ち鋏を入れて、唇のはしをじょきんとやるようなものである。しかも麻酔はかけられない。中世の外科手術じゃあるまいし、今どきそんな、麻酔なしで、人体を切ったりはったりすることがあるのだろうか。

「カイン切開って、有名よ。知らないの。母になる女が、避けて通れない道とさえ言

われているのよ」

友人はえらそうに言ったが、帰って辞書で調べたら、会陰と書いてエインと発音することがわかった。妊娠、出産用語は、これだから困る。ふだん使わないような言葉や読み方が急に出る。つわりも正式名は、悪阻《おそ》というそうだ。そう言えば、武双山の前のシコ名が尾曾だったな。

私はなんとなく、人体はうまくできているものだから、予定日が近づくにつれ、あそこの口が赤ちゃんが通れるくらいに開くのだろうと、期待していたが、甘かった。「産みの苦しみ」というだけあって、そこのところはじゅうぶんに痛さを味わうよう、神は造られたもうたのだ。いざとなったら、命に代えてもわが子を守るほどの愛だから、出産のとき、よほどのことがあるのだろうとは思っていたが、まさか切るとは。これはもう「腹を痛めた」ではなく「膣を痛めた」と言うべきだな。

しかも切った翌日か翌々日には、その傷から数センチもない(?)ところから、小用も足さねばならないのである。ご存じのようにあれは、塩分を含んだ水だ。しみると、どんなに痛いか。考えただけで、またもや身をよじりそうになる。母になるとは、やはり並々ならぬことだ。あそこが、ゴムでできているならいいのだが。

私がいちばん出産をためらうのは、実はその痛さの問題なのだ、と話したら、また別

の友人に、

「なんて自己中心的な女」

　と一喝された。

「私なんか、環境とか核戦争とか、地球全体のことまで考えて、この星に生を享《う》けるのが子どもにとっていいのかどうか、子どもの未来から、出産するかどうか思い悩んでるんだから」

　わが身のことだけ案じるとは、情けないという。

「だいたい切る痛さなんて、出産そのものの痛さで、感じる暇ないんだからね」

　その言葉は、二重に私をびびらせた。唇をちょん切るような痛みもかすませてしまうとは、いったいどんなものなのか。

「めりめりめりっと音がして、骨盤が砕ける感じ」

「裂ける！　ってわかった」

　などと言われる。

　かと思うと、陣痛らしい陣痛のまったくない人もいるそうだ。友人の友人は、破水とおぼしきものをしたので、これはいかんと、タクシーで病院に駆け込んだ。初産である。痛さのあまり、小のみならず大も失禁することがあると聞いていたので、先にトイレ

に行っておいた方がいいと、和式のにまたがったとき、

「？」

股の間から、頭らしきものがはみ出しかけている。

(便器なんかに産み落としては末代までの恥！)

と、むんずと手で押さえつけて、引っ込ませ、這々《ほうほう》の体で廊下へ。

(まだだぞ、まだだぞ)

と念じつつ、壁をつたい歩き、分娩台に上がるときも、はずみでつるんと出ないよう、股間を押さえながら上がったという。

ちなみに彼女は超痩せ型。お産の軽重と体型は、基本的に関係ないらしく、まるまると太って腰のすわった、いかにも安産体型の人が、難産に苦しむこともあるし、母体の危ぶまれたような人が、ころっと産んでしまったりもするそうだ。自分はできれば後者であってほしいと思うけど、これぱかりは産んでみないとわからないのが、つらいところだ。

昼間のスーパーでは、私と同世代かときには十くらい下の女性が、ベビーカーを押して歩いている。そのつど何か不思議な思いにとらわれる。

(こんな顔して、産んだのか)

別に子どもは顔で産むものではないが、そう思ってしまう。お産という、私には想像もつかないできごとを、すでにして経験ずみだということが、何かしら信じられないような。

服装も今ふうなら、髪などもきちんとブローしている。十年前の女子大生をそのまま読者としているような雑誌にも、よく出ているではないか。

「公園ママに人気のバッグ」

「幼稚園に着ていくスーツ」

そこに登場する読者モデルを見るたびに、

（お産をすると、体型がくずれるというのは、ありゃ嘘だな）

と思う。

高校のとき、例のAB話のひとつとして、誰かが私にこうささやいた。

「Dをすると、本人が言わなくても、絶対にわかるんだって」

「？」

「体つきや何かに、どうしても出るんだってよ」

そのときは、とても怖く感じた。なぜかしらホーソンの『緋文字』を思い出した。そのことをしただけで、どこへ行っても何をしていても、赤い文字がついて回る。そんな

「消せない烙印」のようなものを、そのことは女体にもたらすのかと。

けれども、過ぎてしまえばそんなものではなかった。その前も後も、私はひとりの個人として、同じような精神活動をしながら生きてきた。してはいけないと思うことの基準から、人とのつき合い方、ものごとへの興味の持ち方、こんなものが好き、こんなものを着てみたいといった、ごくふつうのおしゃれ心など、すべてを含めて。

出産も同じかも知れない。およそ人間が自然の法則に従ってすることで、個人に対し、それまでの生き方を全部ひっくり返してしまうほどの、圧倒的な力をふるえるものは、そうないのかも知れない。

（そんなもんだ）

とわかった人と、知らぬまま恐れを抱き続けている人と。三十代というのは、女の分かれめだなと思う。

出産をめぐる噂あれこれ

妊婦をめぐる噂には、「酸っぱいものが食べたくなる」のように、広く人口に膾炙《かいしや》しているものがいくつかある。

「薬はだめ」。だから、妊婦は風邪に気をつけるようになるのだとか。特に、上の子がすでにいる場合、熱が三十九度の熱があろうが頭痛がしようが、ひたすらがまんで上の子の世話をしなければならないから、すごくつらい。いきおい風邪には神経質になる。会社でうつされて帰ってきた夫など、ほとんど人間扱いされないそうだ。

「歯痛のときが、もっと悲惨」。子どもにカルシウムをとられるせいか何なのか、妊婦はいったいに歯を悪くしやすく、しかも痛み止めは飲めない。ずきずきとうずいて、ひと晩じゅう眠れなかった人も。しかし、それで陣痛のとき食いしばったりしたら、ぼろぼろになってしまうのではないだろうか。

「便秘をともなう」。これは、初耳だった。子宮が腸を圧迫し、詰まった状態になるらしい。加えて、「早産しそうで、今ひとつ思いきりよく力めない」からだとか。

「胸が大きくなる」。これは、ひそかに期待している。知人も小さい方だったが、臨月が近づくにつれ急速にふくらみ、

（やればできるんだ）

と思ったという。しまいには三つ子が産まれるのではと思うくらいたわわに実り、自分でも持て余すほどだった。が、それも出産後一年くらいまで。

授乳期間が終わると、元に戻ったばかりか、小ぶりなりに垂れてしまい、がっかりしたという。

「胃下垂が治る」。私はお医者さんから、

「典型的です。骨盤まで下がっています」

とお墨付きをもらったほどの、りっぱな胃下垂だが、そのときの医者のアドバイスは、

「逆立ちするか、妊娠するかしかないですね」

胃下垂に限らず、お産の前後で体質が変わったという話は聞く。ある人は、エビ、カニが大好きなのに、食べると必ずアレルギーが出るという、かなしい体質だった。他にも肝炎を患ったり、しょっちゅう病気していたが、子どもを産んだら、すごくじょうぶになったという。エビ、カニだって何ともない。

彼女によれば、お産の後、胎盤などが「特大の生理」のように出るそうだが、

「そのときに、体の中の悪いものも全部流れ出たみたい」

しかし、胃下垂の場合は、妊娠中は押し上げられていても、胎児が出ていってしまったら、元のもくあみになりはしないか。

そんな話にしきりに花を咲かせていたある日、友人のひとりが「懐妊した！」のニュースが、私たちの間を駆けめぐった。

「割と前から子どものいる人生を考えてたらしいよ。それこそパソコンとか入れるようになれば、家にいて会社の仕事もできる時代だし」

「そうか、彼女ってそういう計画だったんだ」

たしか一年半くらい前に籍を入れ、家のローンも組んだはずだ。その頃から着々と、自分の人生を歩みはじめていたのか。

動けなくなる前に、早めに集まることにする。

「しかし、よく知らないけど、出てくるのたいへんなんじゃない？　身重っていうくらいだからね。つわりは、どうなんだろ。店も選ぶね」

「さあ、本人は何でも食べられるって言ってるから、何でもいいんじゃないの」

刺激の強そうなエスニック系は、とりあえず避けよう、となった。

夕方六時、銀座の交差点に現れた彼女は、白いオーバーシャツに黒のスパッツであった。

「この中に子どもが入っているのねー」

腹をなでると、

「ほとんど脂肪よ、脂肪」

妊娠がわかってから、いきなり二キロ増え、発育は順調と思っていたら、医者の曰く、

「あなたね、この時期まだ、胎児は四センチしかないんですよ」

彼女によれば、

「二人分の栄養をとらなきゃならないんだから、もっと食べなさい、どんどん食べなさい」

と言われたのは、過去の話。今の時代、妊婦がもっとも注意すべきは、太り過ぎという。ただでさえ栄養過多のところへもってきて、昔の主婦より運動不足。ちょっと気を抜くと、あっという間に太るという。

そういえば何年か前、某女優が妊娠中にものすごく体重が増えたとかで、女性誌が得意の「ああ！」を用いて、「ああ！　出産太り」と書いていた。ふつう女優さんだと、まっ白なおくるみに赤ちゃんを抱いて、病院の前でぱちぱちと写真を撮らせたりするが、彼女の場合、美人女優で売っていたこともあってか、人前に出るに出られず、夜中にこっそり裏口から逃げるように退院したという。もとは四十八キロだったのが、出産後には六十三キロあったそうだ。

記事中の「彼女をよく知る人の話」では、彼女は中華が好きで、入院中も油っこいものをばんばんとり寄せて食べていたという。その後、ダイエットに励んだとかで、コマーシャルに復帰したが、たしかに笑顔にしても、前よりも頬の肉が余っている感じはあった。

太り過ぎで困るのは、美容の問題だけではない。お産そのものがたいへんになるのだそうだ。腹に脂肪がつき過ぎると、いきんでも産道に力が伝わりにくくなるという。

逆に、かなり心してとらねばならぬのが、カルシウムと鉄。赤ちゃんの骨や血になるし、さきの体質改善された人の話でも「特大の生理」のようなものが出るらしいから、多めに要りそうだ。

「そこで妊婦は、ひじき料理に走るわけよ」カルシウム、鉄が含まれノンカロリー、かつ糖分の吸収を妨げる。妊婦の雑誌は、ひじき料理のアイディアが満載されているという。あのテの雑誌には妊婦だけに通じ合う、独自の世界が形成されているらしい。

私は自他ともに認める、友だちがいのない人間なので、彼女の予定日がいつだったか忘れてしまった。それでもたまに、もうすぐではと思い出す。出産本でも読もうかと、書店の「出産、育児」の棚に行くと、ある、ある、今は妊婦の書いた赤裸々な体験記がたくさん出ていることがわかった。

手にとりかけたとき、

「あっ、岸本さん」

男性の声。とっさに、となりの「健康」の棚の『ひとりでできる腰痛体操』をつかんでいた。仕事上の知り合いの男性だ。

「お久しぶりです。そう言えば、このへんにお住まいでしたね」

「は、はい」

出産本を買うのも難しい。

また、あまりにリアルな本を読み、はじめから腰がひけてしまっても困る。

友人がめでたく出産したら、比較的おだやかなところから、じっくりと語ってもらうことにしよう。

人間ドックに行こう

もう若くない……

このところどうも、胃の調子がかんばしくない。かつては店の人からも感心されるほどよく食べたのに、ひと頃の勢いをなくし、だんだんに人並みになってきた。しかも、食べた後しばしばもたれる。

考えてみれば、胃の検査もずいぶんしていない。総合的な健康診断となると、六、七年前に受けたのが最後ではなかろうか。

そのときは、心電図から何からひと通りやった。むろんバリウムも飲んだ。

六十くらいとおぼしき医師は、光にこうこうと照らし出された写真を、髭をひねくりながら眺め、ううむとうなり、ひとこと、

「理想的な胃です」

私にはどこがどう理想的なのかさっぱりわからないけれど、

「胃壁が実にきれいです。ほれぼれするほど美しい」

私は別に見てくれを誉められたわけではないから、恥じらう必要はないのだが、考えようによってはけっして人目にふれることのない秘部中の秘部の写真を、しげしげと鑑賞されているわけで、

「はあ」

と思わず顔を赤らめ、うつむいた。

「ただし、典型的な胃下垂です。骨盤まで下がっています」

医師はそうつけ加えた。「理想的」といい「典型的」といい最大級の表現が好きな人である。

「どうしたらいいんでしょう」

指示を求めると、「妊娠」のところでも書いたが、あっさりと、

「逆立ちするか、妊娠するかしかないですね」

病気ではないのだから、あまり気にしないようにとのことである。

(しかしなあ)

病院を出て歩きはじめてからも、私の胸は複雑だった。

仮にも私はもの書きで、もの書きはふつう神経をすり減らす職業とされている。胃壁もさぞやぼろぼろなのではと思っていた。入院を命じられたらどうしよう、看護婦さんの目にふれても恥ずかしくないパジャマはあったか、パンツは……などと、あれこれ考えていたのである。それが「理想的な胃です」とは。何の神経もつかってないみたいではないか。

唯一の療法らしい療法が「逆立ち」。これではまるで病院に来た感じがしない。しかも「気にするな」と言われても、胃のもたれは依然としてあるのである。

その後、三十を過ぎたあたりで、仕事で何年かぶりに会った同世代の男性と話していたら、検査の話題になった。きっかけは、「お久しぶりです、その後いかがでしたか」といった、何でもない挨拶からだが、

「いや、実を言うと、おととしから去年にかけてが、たいへんで」

たいへんと言っても、命に関わる病気をしたわけではないが、なんとなくだるく、仕事に集中できない日が続いた。熱を測ると、常に三十六度八分くらいある。はじめは風邪だろうくらいに思っていたが、あまりに続くので気になって、出社拒否症ではないかとか、肝炎、腎炎なども疑い、果ては結核の検査まで受けたという。

「『家庭の医学』なんか、何十回も読みましたよ」

原因はわからずじまいで、医師からは、

「自律神経失調症」

と診断されたそうだが。

『家庭の医学』というのがすごくわかると思った。私もあれを二十九のとき買ったのだ。そして、三十三が厄年とされている女性のみならず、男性もそういう気持ちになるのかと、彼の話に思ったのである。

三十にもなると、自分の体が、なんとなく変わってくる。昔は徹夜ができたのに、今はできないとか、同じことをしても疲れがとれにくくなったとか。ひとことで言って、

（もう若くない）

という実感だ。三十というのは、男女ともに、そう感じる年代なのかも知れない。

そしてまた、おめでたくない話だが、この年になるとまわりで誰かしら「若くして死んだ人」の噂を聞くようになる。それも学生時代からいかにもひ弱そうだった人ならまだしも、事件のニュースなどでマイクを突きつけられたときの台詞ではないが、ほんとうに、

「ええっ、あの人が？」

としかコメントしようのない人が、突然亡くなってみたり。

それはそれでショックだから、日常生活はこれまでと同じに過ごしていても、ちょっと体調がすぐれないようなことがあると、

（もしや……）

と、二十代には考えもしなかった病気にまでいちいち結びつけてしまうのだ。

たまに、

「検査？　年にいっぺん、ちゃんとしてるよ。やっぱ人間、体が資本だものね」

と、こともなげに語る人がいる。そうすると、何かこう非常に焦る。同世代でありながら、健康管理においては大きく差をつけられたような。検査をしているいないがそのまま、病気になるならないの違いにつながる気がしてしまう。

（明日にでも病院に電話しよう。自覚症状がないから、まだ手遅れにはならないはずだ。予約をとるとしたら、いつがいいか）

などと、せわしなく手帳をめくったりする。が、その一方、

（まあ、三十代でどうこうなんてことは、確率的に言って、そうないだろう）

と、どこかでタカをくくる気持ちがあるから、いつまでも電話するにいたらない。そんなこんなで、半年や一年、あっという間に過ぎてしまう。

だいたい健康診断なんて「好きで好きでたまらない」という人はいないと思う。好き

でないことをするのには、何らかの強制力が必要だ。

その点、十年前までの会社勤めをしていた頃はよかった。自分では何もしなくても、「定期検診のお知らせ」みたいな紙が回ってきて、同僚たちと、

「やだな、体重も測るんでしょ」

「着替えたりが面倒ね」

などとぶつくさ言いながら、連れ立って会議室に下りていくだけで、受けてしまうことができた。

そして、なくしてからわかる親のありがたさと同じで（？）、二十代のあの頃は、健康のことなど気にもとめていなかったのだから、若さとはこわいもの知らずの一語に尽きる。今の私は、健康診断に連れていってくれる人があるなら、お金を払ってでもついていきたい。

よく、課長職くらいの年齢の酒飲みの男性で、

「俺、この前の検診さぼっちゃって、総務部からしつこく呼び出しがあるんだけどサ、受けると肝臓に『要注意』が出るのわかってるから、何だかんだ言って逃げ回ってるんだ、ハハハ」

などと、煙草をすぱすぱふかしながら、うそぶく輩《やから》がいると、

（このー、いい齢して、甘えるな！）

と引っ倒して、喝を入れたくなる。早死にしたいなら止めないが、せめて妻子のために、生命保険には山ほど入っておいてもらいたい。

が、人のことは言えず、私もまた自分では何もしないまま日が経って、三十三歳になったあたりから、また少しもたれるようになってきた。いよいよ検査か。しかし、どこに行こう。前のところは、近所の人に言わせれば、

「まあ、よくあなた、あんなところに行ったわね。私たちの間じゃ、救急車に乗せられても『あの病院にだけは行かないで下さい』って担架の上から叫びなさいと言われてるのよ」

とのことだ。

新聞にはさまってくる市報によれば、市の保健センターでも胃ガン検診を、無料で実施しているという。「職場などで検診の機会のある人はご遠慮下さい」とのこと。申し込みはハガキで。住所、氏名、年齢等を書けばいいらしい。ただし年齢制限があり、「三十五歳以上の市民」が対象となっている。二歳足りない。

求人募集と違って、ごまかすわけにもいかず、迷った末、あえて正々堂々と年齢を記すことにした。そして余白に、それでも申し込んだわけを、るる綴った。曰く、年齢か

らは対象外であることを、重々承知しているが、他に検診の機会がなく、あえて申し込みをさせていただく次第である。この頃では胃の調子が思わしくなく、健康面に不安を覚える日々であり、ぜひとも受診させていただきたく、関係各位のおはからいを、伏してお願い申し上げる。

お役所仕事はとかく融通のきかないものとされているが、郵便受けに保健センターからの「受診票」が入っていたときは、私の市はなかなかのものと、納税者のひとりとして誇らしく思った。朝九時より検診、八時半から受付開始だ。

検査するのも健康なうち

当日は私がいちばんはじめの受診者であった。少しずつ時間をずらしてあるらしい。更衣室で、サウナによくある、つんつるてんの浴衣のような水色のガウンに着替え、レントゲン室の前の椅子にかける。

看護婦さんから、風邪のシロップについているコップのような、ほんの五ccほどの液体の入った器を渡された。バリウムをお腹に入れる直前に、発泡剤を飲むそうだ。六、七年前の検査のときはなかったな。

「口に含んだら、飲み込まないで、喉の奥に溜めたまま上を向く」

言われたとおり、含んですかさず上を向くと、看護婦さんは「はっ」とばかりに、顆粒状の薬を投げ込んだ。その、わんこそばのお姉さんさながらのタイミングに「熟練」を感じてしまった。

バブルガムを嚙んだときのようなシュワーという感じが、食道のあたりに広がる。

「ゲップが出そうでしょうが、がまんして、がまんして」

叱咤激励に目だけでうなずき、そのままレントゲン室へ。

部屋の中には、直立したベッドのような機械がひとつ。ベッド部を背にして、踏み台に立つと、目の前のコップにまっ白なバリウムが、歯医者のうがいの水よろしく、なみなみとつがれている。これを全部飲むのだろうか。五百ccはあるのでは。

「はあい、まず大きい方をぐうっと飲んで」

ガラスの向こうにいる男性技師の声が、マイクを通して響いてくる。声といい口調といい、子ども番組の「体操のお兄さん」そっくりだ。機械を前に右も左もわからない赤児同然の人たちに、やさしく元気よく呼びかけ続けていると、こういうふうになるのだろうか。

「まずいね、まずいね、でもがまんして、空っぽになるまで、ごくんごくんと飲みほそう」

うう、いくつになってもこればっかりは、美味とは感じられない。かすかな香りをつけたりして努力しているのは認めるが、そのせいでかえって、固まる前のフルーツ消しゴムのもとを、飲み下している感じがする。かたわらにもうひとつ、小さめのコップがあるのも気にかかる。

「はい、じゃ、バーにしっかりつかまって」

かけ声とともに、台が後ろへ傾きはじめた。前のときもこうだったろうか。

もういいんじゃない？　と思う角度を過ぎても、どんどんどんどん倒れていく。いったいどこまで倒れる気か。百八十度横になる姿勢を通り越した。

頭が足より下になる。血が下がってくるのがわかる。すでにもう重力の法則に、完全に反している。手を放したら、脳天からがんと落ちてしまうのだ。バーを握る手に力が入る。腕の筋肉が突っ張る。レントゲン写真を撮るのに、なにゆえに、こんな曲芸さながらの姿勢をとらねばならぬのか。逆さにされているせいか、胃の中のものが、ぐうっとせぐり上げてくる。

（吐くぞ、吐くぞ、いいのか）

とわめきたくなったとき、ベッドは止まり、しずかに元に戻りはじめる。足の重みが踏み台にちゃんとかかったときは、思わず脱力してしまった。足が地に着くとは、こういうことかと思った。

（検査も健康なうちだな）

としみじみ感じた。病人がこれに耐えられるとは思えない。

が、ほっとするのも束の間、

「それじゃあ、小さい方のコップを、さっきみたいにぐうっと飲んで」

また飲むのかと、ほとんど膝を突きかけたが、

（こうなったらもう、何でもするわい）

と、毒を喰らわば皿まで的な気持ちで、いっきに空けてしまった。

「はい、右側から一回転、そしたらすぐまた、左側から一回転」

またしても台の上で、わけもなく回転運動をさせられる。せっかく寝返りをうっても、すぐまた逆向きにうち直させられ、何をさせたいのか、どういうかっこうをめざせばいいのか、例によって全然わからない。もたもたしていると、

「休まないで、すぐ向きを変える、もっとすばやく！」

の声が飛ぶ。「体操のお兄さん」がいつの間にか鬼監督になっている。

思うにこれは、胃を上下左右に回転させることにより、バリウムをまんべんなくゆきわたらせたいのではないか。ことに私は胃が縦に長いから、バリウムも下にたまりやす

く、それでさっきは逆さにし、上の方にも流し込んだのでは。

向きを変えるたび、肘や腰骨がごつごつと当たる。卓球台の上で寝返りをうつようなものである。裾もはだける。昔の女性は死んでからも恥をさらさないようにと、着物の裾を結わえてから自害したという話を思い出した。このガウンにも実は、腰紐の下にもう一本紐がついていたのだが、無用の長物と思い決め、締めないできた。なぜついていたかが、今になってよくわかる。

その後も、右向け左向けといつ果てるともなく命じられ、斜め四十五度で止まるといった、妙なかっこうで静止させられ、撮ったりした。

「ぶんぶく茶釜」を思わす形をした、太鼓の皮のようなものを張ったのが、機械の左側から出てきたときは、さすがの私も驚いた。腹を押し、もそもそと胃の下あたりにもぐり込むような運動をする。

動きだけ観察していると、しっぽをつかまえ、「よせやい」とくすぐり返したくなるようなお茶目なやつだが、押される本人としては、かなり痛い。思わず顔をしかめると、表情に技師さんが気づいてか、「茶釜」はすごすご引き下がっていった。

ガラス越しの遠隔操作で、どれくらい強く押しているかが、わかるものなのだろうか。そもそも、向こうにはこちらの声は届くのか。そうでなくても健康診断を受けにくるくらいの人たちだ、持病の発作にふいに襲われるといった非常事態が起きないとも限らない。そんなとき、どうするのだろう。

不安にかられ、次に「体の向きをもう少し右に」と言われたとき、腰を振りつつ、

「こうですか？」

と、わざと聞いてみた。

「そうです」

と返事。とりあえずコミュニケーションはとれるようだ。

それにしても、この検査をつつがなくこなすには、かなりの運動神経が必要である。逆さにされるときなど、吊り輪の選手のように腕がぶるぶる震えたし、「右向け右」と言われても、とっさにわからず、逆向きに回ったりして、技師さんにあわてて止められたりした。

彼の方もあきれてか、しまいには右左で言うのをやめ、

「はい、僕の方から回る」

と指示の出し方を変えていた。

運動神経と反射神経の衰えを痛感させられた検査であった。しかし、三十三歳の私がこうなのだから、七十や八十のおばあさんが、あの動きについていけるとは思えない。

台の上で骨折した人も、ひとりくらいいるのではなかろうか。

レントゲン室を出ると、バリウムの気持ち悪さか、三半規管がいかれたせいか、乗り物酔いのようになっていた。宇宙飛行士の訓練は、ああいうふうにするのではと思う。

ふらふらになって更衣室に戻ってくると、ふたりの女性が、ガウンに着替えているところだった。

「どうでした？」

と口々にようすを聞いてくる。

「バリウム飲むんでしょ、私、あれが何回飲んでも嫌なのよ」

ひとりが言う。私は内心、

（そうです、私も久々に飲みましたが、あんなに飲みにくいものは、ありません）

と、そのつらさについて、おおいに語り合いたかったが、これから検査を受けようとしている人に、ネガティブなイメージを与えてはならぬと思い、

「私も嫌で嫌でたまらなかったんですけど、飲んでみたら、意外と飲めるなと感じました」

と、嘘でもほんとうでもないようなことを言うほかなかった。

結果は、二週間後くらいに郵送されてくるそうだ。

不思議なもので、検査というのは申し込むまでは、（早くしないと、こうしているうちにも手遅れになるかも知れない）くらいのせっぱつまった思いでいるのに、いざ受けてしまうと、それだけでひとつのことを成し遂げたように、せいせいとしてしまう。だから、「異常なし」のハガキが来ても、忘れてたとまでは言わないが、

「あ、そう」

と割合たんたんとした受け止め方である。「そこをなんとか」とお願いして受けさせていただいた市には申し訳ないが。

そして、ほとぼりの覚めた頃になって、しばらく検査していないことが、またぞろ気になり出すのだ。

まずは情報収集から

検査から久しく経った頃、知人が胃ガンの手術をした。三分の一ほど切って、このほど退院したという。四十代後半の男性だ。

快気祝いのつもりもあって、会社に訪ねると、

「この人がほんとうにガンだったの？」

と首を傾げたくなるほど、色つやのいい顔をしていた。

「よく言われることではあるけど、ガンはとにかく早期発見に限るね」

生気あふれる声で、しきりにそうくり返す。

「僕らの年齢だと、進行が早いから、年にいっぺんの検査だと手遅れになる場合もあるけど、半年にいっぺんやっとけば、まずだいじょうぶらしいよ」

というのが、彼の説。

（やはり、検査か）

「検査心」がむくむくと頭をもたげてくるのを感じた。

彼のガンは、人間ドックで見つかったという。

人間ドック。新たな選択肢だった。三十四にもなると、どこに何が出るかわからないから、胃だけでなく総合的なチェックをした方がいいのかも知れない。腸ガンなども増えているというし。

「僕の行ってる診療所はいいよ」

と言うので、電話番号までメモしてきた。が、私の家からは遠そうなのが難点だ。

近いところでは、この前お世話になった保健センターで、市の医師会による人間ドックも行われているらしい。市民なら一万二千円。が、問い合わせてみると、かなり先まで、予約がいっぱいという。病の進行する速度を考えると、早い方がいいだろうし、万一、手術が必要となったとき、やはり病院の方がそのまま入院できていいのでは。

まずは情報収集をと急ぐ私に、さきの胃を切った人は、

「いいと聞いたからって、去年はあっち、今年はこっちと、ころころ変えては、何にもならないんだよ。病院のよしあしより、ひとつの病院でデータを積み重ねていくことがだいじなんだ」

たしかに検査は、数値そのものがどうこうより「推移を観察」することがだいじだと、よく言われる。正常値ではあっても、ある年、急に上がるようなことがあれば、その人にとっては要注意。危険信号を見逃さないためには、

「あるところに決めたら、このちずっと継続してかかるくらいの気でないと」

そうなると、いきおい病院選びも慎重になる。

両親の行く病院は、医師をはじめ、看護婦、受付の人、みなとても感じがいいそうだ。ホスピス病棟もあるから、仮にガンだったとしても、最後まで家族と人間らしい時が過ごせる。

が、次に行ったとき持ってきてもらったパンフレットを見て、あまりの高さに、目の玉が飛び出てしまった。人間ドックだけで何十万円。ゼロを数えるだけで、体調が悪く

なりそうだ。

「あなたの駅から、ふたつとなりの駅の大学病院。あそこはいいって聞いたけど」

知り合いがそう伝えてきた。が、別の人は、

「『推移を観察』といっても、同じ病院であればいいってもんじゃない、毎年同じ先生に診てもらうんでないと。その点、大学病院は、先生が変わると、別の病院のようなものだよ」

などと言い出す。

決められないまま、一年が経ってしまった。市の医師会で「この日なら受けられます」と言われた日もとっくに過ぎている。私は考えを改めた。せっかくならばよりよいところでと思いながら、いたずらに日を過ごすより、まず受けることが先決では。病気は待ってくれないのだ。

ときたま行く鍼《はり》の先生は、となりの駅の病院の名を挙げ「あそこは親切」という。

「人間ドックもあるかしら」

と訊ねると、

「あるけれど、人間ドックだと高くなるから、いきなり全部調べようとしないで、気になるところ、胃なら胃の症状があるように言って、治療の一環として検査を受けるのよ。

そうすれば保険が効くでしょ」

検査だけだと、保険の対象外になるという。

なるほど、いいことを聞いた。さっそく電話し、消化器の先生の来る日に予約をとった。

四十くらいとおぼしき、女医である。

「この頃、どうも胃の調子がよくなくて、食べるともたれて、もたれ過ぎてなかなか眠れないこともあります。朝起きるともうすでにむかむかしていることさえあります」

偽りではないが、多少おおげさに症状を述べると、かしこそうな眉をした先生は、じっと耳を傾けていたが、

「で、夕べは何を召し上がりましたか」

と聞いた。

「ええと、アジの開き、おひたし、ご飯を二膳と……」

思い出しつつ、答えると、ひとこと、

「それは食べ過ぎです」

が、そこで追い払わないのが、この病院が「親切」だと言われるゆえん。「ともかくもレントゲン検査をしてみましょう」となる。

受付で予約をお願いすると、若い女性がたいへん言いにくそうに、

「あのう、この日は十一時しか空いてないんですけど、いいですか」

と聞いてきた。いいですかどころか、早起きが苦手の私には、願ったりかなったりである。八時半集合、九時開始だと、ややつらいものがあるのだ。

ところが、これには意外な落とし穴があることがわかった。

検査の前日は、夜八時までに夕飯をすまさねばならない。それ以降は、絶食である。九時以降は、水を飲んでもだめ。

私はたいがい夜中の二時、三時まで起きている。そうすると一時半くらいに、まるで胃の底が抜けたみたいに、突然お腹が空く瞬間がやって来る。仕事のときだと、それでは力が出ないので、何かをちょっとつまんだりするが、それが許されないのだ。

（気分転換にお茶でも入れるかな）

ということもできない。しかたないので、その晩はあまり遅くまで働かず、早々に布団にもぐり込むことにした。ところが、眠ることに集中しようとすればするほど、寝つけない。お腹もぐうと鳴りはじめる。

こういうときは、空腹がどうのなどと言っていられないよう、病に対し少しシリアスな気持ちになろうと、漱石の『思ひ出す事など』を読むことにした。世に言う「修善寺

の大患」のところである。
「夜中に胃の痛みで自然と目が覚め」るほどの潰瘍に悩まされていた「余」は、保養先の修善寺で、金盥《かなだらい》いっぱいに吐血する。生死の境をさまよった体験を通しての自己省察が、めんめんと綴られていく。
ところが、病が快方に向かい、葛湯をすするあたりから、雰囲気があやしくなってきた。粥《かゆ》を許されたときなど、常に気むずかしい顔をしている「余」らしくもなく「舌を鳴らし」、
腸《はらわた》に春滴《したた》るや粥の味
などと、一句ひねったりまでするのである。これでは何のために読んでいるかわからない。
寝れば忘れるとの期待に反し、空腹感は、翌朝になるとさらにつのっていた。習慣で、まず紅茶でも、と湯を沸かしはじめ、しるしるという音にはっと気づく。そうだ、今日は飲まず食わずで出かけなければならないんだ。
時計の針の進むのが、やけに遅い。新聞をなるべくゆっくり読むなどして、気をまぎらわす。十時半前、家を出た。最後に食物を口にしてから、かれこれ十四時間が経っている。この飽食の時代に、半日以上も絶食とは。

（私たちのお父さん、お母さんは、戦争中もっともっとひもじかったんだ）

（これから世界は食糧危機に向かうというのに、こんなことでめげていて、どうする）

自分にムチ打ち、歩いていく。

そしてまた悪いことに病院は、駅を下りてから、繁華街のただ中を通っていくところにあるのである。

十一時前と言えば、店々のお昼の仕込みもたけなわの頃。ラーメン屋からは、鶏ガラや豚骨のスープを煮る湯気が上がり、となりの中華料理店では、すでに炒飯を注文した客がいるのか、がっしゃんがっしゃん鍋をコンロに打ちつける音とともに、油のこげる香ばしい匂いが、あたりいったい立ち込めている。「十一時でいいですか」と受付嬢がすまなそうに言っていたわけが、身にしみてわかった。煙の中を突っ切ると、ほとんど頭がくらくらする。這々の体で、受付までたどり着いた。

待合室の面々

その病院には、エコーと言われる腹部超音波検査、大腸ガンを調べる便の滲血反応などのため、何回か通った。そうするうちに、気づくことがあった。

検査に来ている人間のうち、私だけが飛び抜けて若いのだ。

会計で五人まとめて名を呼ばれても、

「はい」

と打てば響くように高らかに返事をし、呼ばれるのと同時に立ち上がるのは、私ひとり。他の人は、もそもそと膝の上の巾着袋を握り直したり、杖を突いてからおもむろに腰を上げて、というふうで、私とは数十秒の時間差がある。するとなんだか、声にも張りがあり過ぎたようで、妙に気がひけてしまうのだ。看護婦さんと、

「注射、ちょっと痛いですよ」

「お尻つねってますから、早いとこやって下さい」

みたいに、ぽんぽんやりとりしていても、はたと気づくと、自分だけ浮いている。なんというか、ひとりで潑剌としているのである。

「いったいなんで病院なんか来てるんだい」

と言われてしまいそうだ。

ひとり五十くらいの男性で、私服ではなく水色のガウンを着て、あっちの検査室の前の椅子、こっちの検査室の前の椅子と、出没している人がいて、その人だけ人間ドックだとわかった。おそらく、企業の福利厚生事業の一環として、受けに来させられているのに違いない。待ち時間が多いのに備えてか、月刊の「文藝春秋」を、ガウンのポケッ

トに入れているのが、印象的だった。あれなら一冊で一日もつだろうから。

その人が、平均年齢をがくんと下回っており、その下がもう私なのである。

仕事上の知人が、健康診断を受けにいき、やはり平均年齢の高さに驚いたそうだ。私と同世代の男性である。とりたてて気になる症状があるわけではなかったが、子どもが生まれたのをきっかけに、父親としての責任感から、健康管理の重要性にめざめたという。そう医師に話すと、五十過ぎとおぼしきベテラン医師は、

「ええっ、ほんとうに、どこも悪くないのに来た？」

と信じられないように念を押し、

「君みたいに若い人が、えらいものだ」

握手を求めんばかりに賞賛したそうだ。三十代だと、気にはなりつつも、病院まで足を運ぶ人となると、まだ少ないのだろうか。

私はといえば、今回も「異常なし」だった。ただ少々胃が疲れているようなので、暴食は控えよ、とのこと。鍼の先生の言うように保険は効いたが、私のは国民健康保険で三割負担のせいだろうか、レントゲンにいくらエコーにいくらとそのつど払っていたら、合計すると市の人間ドックを受けるより高くついてしまったという、間の抜けたお話であった。

夢見る能力

なぜ、この人と？

友人に大の時代小説ファンがいる。三連休を機に、かねてより気になっていた『竜馬がゆく』全八巻を読破しようと思いたち、文庫本を買い込んで、来る日も来る日も部屋にこもって読みふけった。

そうしたら、ある晩、夢に出た。

夢の中の竜馬は、コマーシャルなどに出てくる肖像写真そのままに、オールバックの髪を風になびかせ、夜のマンションの下に馬で乗りつけてきていた。

「フミヨどん、迎えにきたぜよ」

小説のとおり、ちゃんと土佐弁を喋る。

（まー、やはり迎えにきてくれたのだわ）

掌を合わせてのぼせ上がり、江戸時代の人がいきなり練馬区の住宅街に現れたわけだが、そのへんには、何の疑問も感じずに、いそいそと出かけるしたくをはじめた。

が、さすが幕末を疾風のごとく駆け抜けた竜馬のこと、ガスの元栓を締めたりしている間に、ぱっかぱっかぱっかと馬を走らせ行ってしまう。

(待ってー)

アスファルトの上で地団駄踏んで、腕を振り回すところで、目が覚めた。

「何しろあの三日間は、寝ても覚めても竜馬だったからね」

と彼女。なるほど、そういうこともあるのか。

私の場合、どういうわけだか、好きでも何でもない男性が夢に出てくることが多い。中でも、もっとも至近距離に現れたのは、学生時代、事務のバイトをしていた予備校チェーンの人だ。

そこには、コンビニで言えば店長にあたる三十代の男性がいた。これが、店長なら店長らしくでんと座っていてくれればいいものを、気働きが過ぎると言うか、やたらせかせか動き回り、それでいてけっして笑みをたやさない。何か、はたにいて非常に疲れるタイプなのだ。

受付の後ろへ立ってきては、わけもなく書類を出し入れし、ドアにとりつけた鈴が鳴

るや、ぱっと笑顔をつくり、

「いらっしゃいませ！」

「見ててごらん、今に、『ご注文は何にいたしましょうか』って言うから」

私といっしょに受付に座っていた女性は、そう耳うちした。何でも彼はつい三か月ほど前まで、ファーストフード店の店長だったとかで、人が来ると反射的に、

「いらっしゃいませ！」

と叫んでしまうそうだ。顔が長いため、子どもたちからは「ウマ先生」と呼ばれていたが、色が白く、風格にも欠けるため、個人的には、

（ウマというよりヒツジだな）

と思っていた。

そうしたら、夢に出た。何やら暑苦しいなと思いながら歩いていると、首すじに湿った息がかかる。振り向くと、ウマ先生だった。赤と白のストライプの帽子をかぶっている。

どうやら、それがファーストフード店の帽子で、店を出てきた彼と、今まさに並んで歩きはじめたところらしい。暑苦しく感じるのは、彼との間がせまいためだ。

（しかし、もう勤務時間外なんだから、帽子はとればいいのに）

そう言おうとして、目が覚めた。

受付の低い目線から、いつものようにせわしなく行ったり来たりするウマを眺めながら、

(フロイトによれば、夢は「無意識の願望の充足」ということになっているけれど、ありゃ、嘘だな)

と確信した。無意識のどこをどうほじくり返しても、ウマに息を吹きかけられたい「願望」など出てこない。

前に大学の生協食堂で、ひとりの男子学生が、

「俺、夕べ河合奈保子の部屋にいる夢みてさ。河合奈保子のファンなわけでもないのに、何でだろう、どうしてなんだろう」

と、しきりに首を傾げ、

「要するに、デカい胸が好きだってことだろ」

まわりの男子学生から、からかわれていたのを思い出す。河合奈保子はそっちの方でも有名だったのだ。そのときは、内心、

(昼間から何をくだらない話を……)

と呆れていたが、彼は「夢の不思議」について何かしら感ずるところがあり、そのこ

とを友と語り合いたかったのではないか。

ウマの夢を話した、バイト先の女性の反応も、あのときの男子学生たちと似ていて、

「あらー、あなた、何だかんだ言って、ほんとうはウマのこと好きなんじゃないの」

というものだった。

「自分でも気づかない自分が、夢の中で現れるって言うじゃない」

が、私はそんな、いちいち「無意識の領域」にまで下りていかなくても、多くの夢は、昼間のできごととか、睡眠時の物理的状態といった、もっと単純なことから解釈できるのではないかと思う。ウマの夢も、枕に頭がつかえるかして、きゅうくつな感じがまずあって、なおかつ寝汗をかいていて、その身体感覚から、湿った鼻息、ヒツジとつながり、その日聞いたばかりの彼の前歴に関する話の記憶と結びついたのだろう。

私たちはともすれば、自分の中の知らないところに「ほんとうの自分」なるものがいると考えがちだ。が、私は「ほんとうの自分」とは、今ある自分、すなわち意識し、考え、ふるまい、行動している自分、それ以外にないのではと思うようになった。日々生きている自分をそっちのけに、自分の心の奥底をどこまでも覗き込むようなことをしても、きりがないのではなかろうか。

逆に言えば夢ぐらい、あれこれとせんさくせず、夢は夢としてのびのび見たいのである。

ストレスを映す鏡

とはいえ、現実とまったく無関係なわけでもないのが、夢だ。

私の知っている中年の女性は、娘の結婚問題に胸を痛めていた。何回見合いさせても、ウンと言わない。

あるとき、紹介者となっているご婦人にきついお叱りを受けた。

「あなたね、ピンと来ないなら、書類の段階でそうおっしゃるべきだわ。お会いしてからお断りするのは、よほどの場合に限るのよ。お相手の方に失礼じゃないの」

その晩の夢。

娘はおらず母だけが、見合いの席である和室に入っていく。掛け軸の前で、赤い毛がゆらゆらする。

（はじめから上座についているとは、変わった人だ、それにしてもずいぶん毛の赤い人だな）

と、よくよく目をこらすと、床の間の前に座っているのは、なんとオランウータンなのである。

少しく考えてから、部屋を出て、紹介者のおばさんにお伺いをたてた。

「あのー、お相手の方がオランウータンの場合は、お会いしてからでもお断りしてもよろしいでしょうか」

親の気持ちはわかるが、「オランウータン」に具象化されたところが、この夢の惜しい点であり、妙味でもあると、私は思う。シリアスなはずが、ナンセンスストーリーに転じてしまう。

夢の話は、本人がいくら大まじめでも、今ひとつ真剣味が伝わらないのは、そうしたストーリー展開の無理というか、突飛さのためだろう。が、あまりのナンセンスに、覚めてから自分で笑ってしまい、心が軽くなることも、私にはずいぶんある。

私は三十を過ぎたあたりから、高校生である夢をひんぱんに見るようになった。しかも、決まって試験がらみのシチュエーションだ。

その中にも、いくつかバージョンがあって、

①しばらくぶりに学校に行くと、まわりの人は、教科書の、私がまるで知らない頁を開いている。今からでも、ついていけるものか。こんなことで、試験が受けられるのか。

(間に合わない……)

②試験前、机に向かわなければならないのに、なぜか行く部屋行く部屋、人がいる。時間だけがどんどん過ぎる。(とりかかれない……)

③学校へ行く前に、鞄に本を詰めようとするが、かんじんの時間割がわからない。もう八時半。試験に間に合う八時のバスは、とっくに出てしまった。(遅れる……)

叫ぶところで、たいがい目が覚める。

どうしてこんな夢を見るのだろう。高校を卒業してから十数年経つというのに。試験のたび、そんなにプレッシャーがかかっていたとは思えないが。

やがて、わかった。これは、過去のストレスのではなく、今のストレスの反映なのだ。考えてみれば、こういう夢を見るようになったのは、今の仕事についてからである。すなわち、締め切りのプレッシャーが「試験」となって出てくるのではないか。

その証拠にと言うべきか、二十代前半の会社勤めをしていた頃は、見る夢も今と違っていた。

①目覚まし時計が鳴っている。プー、プーという電子音。耳もとにまとわりつく羽音のようで、癇にさわることこの上ない。

私はついにはね起きて、蚊ならぬ時計をつかみ上げ、これでもかとばかりに投げつけ、壊す。ばらばらに解体された、ネジやバネ。それでもまだ鳴る。プー、プー、プー。

(うわあっ)と叫んで飛び起きる。

②デスクの電話が呼びたてる。受話器をとるが、それではない。あの電話、この電話

と、次々とるが、やんでくれない。上司らの視線が突き刺さる。（どうして……）

目覚めると、電話ならぬ目覚まし時計が鳴っている。そのくり返し。

あれほどしつこく現れた夢なのに、出勤することがなくなってからは、ぱったりと見なくなった。

それを思うと、夢はかなりの部分、現実と関わりがあると言わざるを得ない。

私は、試験がらみの夢により、

（なるほど、マイペースで働いているつもりでも、それなりにプレッシャーはあるのだな）

と自覚した。

が、そのプレッシャーは、夢の中でじゅうぶん感じたから、

（後は、プレッシャーの原因である「やるべきことをやっていない」状態を除くだけ）

と、目覚めたときは、すっきりした気持ちになっていることが多い。

「ひとり性」が本質

十代のいわゆる感受性の鋭い年頃には、もうちょっとドラマチックな夢を見ていた気がする。起きてからの自分の方が非現実に感じられるほど、印象は強烈だった。

それが今では、せいぜいが締め切りがらみの夢なのだから、夢見る能力も、齢とともに鈍化していくのだろうか。

　さびしく感じていたところへ、ある晩、総天然色、大スペクタクルの夢を見た。劇場公開とまではいかないが、二時間ドラマくらいの見ごたえはあったと思う。

　ときは夏、日の照り返す校庭で、少女である私は、生徒たちの列に並んでいる。迫りつつある戦争の足音を感じながら。

　列の後ろから、送られてくる鉛筆の束。飛行機の燃料にするのだそうだ。自分のを加え、前へ手送りにされるのを、身じろぎもせずに見つめている。これでもう、鉛筆は一本もなくなった。今日からは字を書くこともできない。

　小学生の鉛筆まで徴収しなければならない戦に、勝ちめのないのは、わかりきっているはずだ。負けると知りながら、なぜ突き進むのか。じりじりと灼きつける夏の陽ざし。

　ふと目を上げた私は、ああっと声を上げそうになった。中天にかかる陽が、白い火の玉が落下するように、ゆらゆらと輪郭をくずしながら、今まさに地に墜《お》ちゆくところだった。

　凝然と立ちつくす私の耳に、項羽が漢の劉邦の軍に囲まれたとき聞こえたという、楚の歌が流れ込んでくる。鎮魂歌にも似た調べにのせて、重々しい男性の声のナレーションが。

(そのとき葉子は、われとわが国の天命が尽きたことを、深く、静かに、悟ったのであった……)

そこまで話したとき、友人はふいにげらげら笑い出した。

「いくら夢でも、そりゃやり過ぎだよ」と言う。「何もナレーションまでつけなくたっていいじゃない」

せっかくのクライマックスで、一笑され、私はやや気を悪くした。が、どれほど言葉を尽くしたところで、他の人と臨場感を分かち合うことができない、究極の「ひとり性」が、夢の本質なのだ。

が、こんなこともある。

私の母は、「母は強し」と言うべきか、あるいはもともと霊感ゼロなのか、超自然的なものはいっさい信じない人だ。

小学生の頃、私が三歳違いの姉とともに、心霊写真の出てくるテレビを、びびりながら見ていても、

「光の加減」

「現像のせい」

と、てんでとり合おうとしなかった。

その母が、こんな夢をみた。姉も私も別々に暮らすようになってからのこと。その夜は夕方から三十七度くらいの熱が出て、早めに床に就いたそうだ。

気がつくと、殿中の廊下のような、広い廊下を歩いていた。くもりなく磨き上げられて、はるか先までまっすぐに続いている。左右の壁は白く、鳳凰《ほうおう》の模様が彫られていた。そのところどころが、ちょうど襖《ふすま》を開け放したようにくり抜かれて、外に面している。そこは、一面のお花畑で、色とりどりの花が揺れ、えも言われぬ美しさだった。向こうの方で立ち話しているのは、母の亡くなった母と姉である。懐かしさに呼ぶが、声は届かないらしい。おたがいどうし話していて、何やらとても楽しそうだ。

なんとか気づいてくれないかと思うけれど、いっこうに振り向かない。そのうちに（お母さん、お母さん）と私の姉がしきりに呼ぶので、引き返した。

次の朝、姉から母に電話があった。

「夕べ、体の具合悪くなかった？」

なぜと言うわけでもないが、そんな気がしたという。

祖母や伯母が出てくるくだりでは、私もややどきっとしたが、それ以上に意外だったのは、あのリアリストの母が、姉の電話に、さしたる驚きを感じていないらしいことだ。

母親があっちの世界へ行きそうになったとき、娘が呼び戻すのは、自然なことと受け止めているのか。が、同じとき、もうひとりの娘である私は、何をしてたんだ、という思いは残る。

夢はやっぱり気になるものである。

事故のてんまつ

まさか私が……

土曜の午後三時半を回っていた。駅の北口の「喜多方ラーメン」で遅い昼食をすませた私は、駅前のバスターミナルを過ぎ、商店街を歩きはじめた。

そのときの私は、事故に巻き込まれることを、むろん知らない。

商店街の左側には八百屋がある。私はそこでピーマンひと袋を買った。そして、店を出てふたたび歩きはじめたとき、右後方からの強い衝撃を感じたのだ。

(誰かが追い越しざまに突き飛ばしていった?)

とまず思った。あるいは、後ろの方で通り魔かスリでもあり、逃げる犯人がぶつかっていったのか。「きゃあっ」という悲鳴が上がる。やはり通り魔?

それらの考えが頭をよぎったのは、ほんの〇・二秒ほどの間のこと。私の体は左前方に投げ出されるように倒れ、勢い余って、アスファルトの上を一回転したようだ。転がり終わったとき、目の前にあったのは、太く埃っぽいタイヤだった。

それではじめて、バスにぶつけられたことを知った。女の人の悲鳴は、その瞬間を目撃してのものだったのだ。

この事故については、前にもちょっと書いているが、私にとっては「社会」というものをいろいろな意味で考え直すきっかけとなったできごとなので、あらためて書かせていただきたい。

私はすっくと立ち上がり、スカートのすそをぱんぱんと払った。とりあえず、何ともない。

気がつくと、バスの窓という窓から、乗客全員の顔がこちらを向いていた。八百屋の店先でお釣りを受けとっていたらしい、客の手も止まっている。

（目立っている）

それが、私が第一に感じたことだった。

「だ、だいじょうぶですか」

私の腕をつかむ人。運転手さんが下りてきていた。帽子の下の額が青ざめ、汗がどっと噴き出している。四十五くらいのまじめそうな人だ。「どけ、どけ」とは言いにくく、クラクションを鳴らすに鳴らせなかったのか。あるいは、私に気づかなかったのだろうか。

「だいじょうぶですか」

私の腕をつかむ手が、がたがたと震えている。指が食い込むくらいきつく握りしめているので、

（運転手さん、怪我よりもそっちの方が痛いよ）

と言いたくなるほどだった。

そこから病院までの間の私は、一種ハイな状態にあったとしか言いようがない。

「い、今すぐ救急車を呼びます」

震えながら言う運転手さんに、

「いンです、いンです、なーんともありませんって」

漫才師のような軽いノリで、手をひらひらさせながら答えていた。事実、そのときはまだ痛みは感じなかったのだ。

「だいじょぶ、だいじょぶ」

「いえ、そうおっしゃらず」

運転手さんが必死で引き止めているところへ、自転車に乗ったお巡りさんが通りかかった。あるいは誰か知らせたのかも知れない。駅前の交番は目と鼻の先だ。

さっそく無線で交信しはじめた。よく刑事もののドラマで「ガイシャは女性、年齢は……」などと言う、あれである。

「えー、歩行者とバスの接触事故、外傷はなし」

そのやりとりを聞いているうち、

（これがいわゆる交通事故か）

という実感が、私の中にふつふつとわいてきた。わずか十分前には、丼の汁をすすり終え、腹をさすっていた私が、今は交通事故の被害者とは。しかも、毎日のように歩いている商店街で。

（日常にひそむ危険とは、こういうやつだな）

とあらためて思った。

救急車は商店街に入りにくいので、駅前交番まで歩き、そこから乗ることにする。どこも何ともないのに救急車とは、おおげさ過ぎる気がするが、運転手さんもお巡りさんも、

「事故だから、事故なんだから」

世間には「被害者としての身の処し方」のようなものがあるらしく、この場合、怪我してようがなかろうが、私が救急車に乗らないことには、おさまりがつかないらしい。

そう気づいてからは、とにかくまわりに従うことにした。

救急車の中で、お巡りさんは、

「あんたは運がいい、運がいい」

と、しきりにくり返す。バスにぶつけられて、骨一本折れていないなんて、と。

ほとんどスピードが出ていなかったからでしょうと言うと、

「そりゃそうだけど、バスはバスだからね。何たって、あの車体のでかさだよ。乗用車がドアを開けたところにぶつかったりすると、時速十キロしか出てなくても、ドアがもげるのがふつうなんだよ」

たしかに、高校のとき習った物理でも「力=質量×加速度」だった。そう考えると、すごい衝撃だ。

(しかし、ほんとうに運がいいのなら、そもそも事故になど遭わないのではないか)

と言いたかったが、逆らわないことに決めた後なので、

「はあ、はあ」

と、うなずいていた。

不幸中の幸い?

病院には、すでに連絡がいっていたようだ。受付のところできょろきょろしていると、

年かさの看護婦さんが、

「えっと、救急車で来た人、あなたね。バスにぶつけられた人ね。はい、ここに住所、名前を書いて」

まわりの患者たちの方が、ぎょっとした目で、私を見ている。

「どこのバス？」と看護婦。

「Pバスです」受付票に記入しながら答えると、

「あらあ、またPバス？　しょうがないわね、ほんとに」

呆れたような声を上げた。「また」って、そんなにしょっちゅうかつぎ込まれてくるんだろうか。

脚気を調べるときのように、膝を叩き、足を上げ下げする検査があってから、腰のレントゲンを撮った。お医者さんが、でき上がった写真を見、

「胃の中がずいぶんいっぱいのようですが」

「はあ、お昼が遅くなったもので」

うつむいて返事した。ラーメンなんてよく嚙まないから、からみ合う麺がそのまま映っていたりしたのだろうか。

骨に異常はなく、打撲。腰と足に湿布し、包帯を巻いた。診断書は、全治二週間。

診察室を出ると、公衆電話で、ひとりの男性が何やらいっしょうけんめい報告している。バス会社の人らしい。

「受付の人に訊ねましたところ、自分で歩いていたということで。本人とはまだ話してませんが、ちらと見かけた感じでは、学生さん……」

（おおっ）と聞き耳を立てた。商店街は通称「女子大通り」と呼ばれ、女子大生がよく歩いているのである。

「……のような服装ですが、齢はもっと上そうですから、おそらく主婦か社会人でしょう」

がっくりした。まあ、この齢で女子大生に間違われるわけがないとは思いつつ、この一件で、私の中のPバスのポイントがやや下がったことは事実であった。

営業所の人だった。支払いについては病院との間で話がついているようで、診察券だけもらって出ると、ワゴン車が一台停まっている。これから警察に向かうという。

彼の運転する車に揺られながら、私は何か、「組織」を感じていた。バス会社には、事故処理要領のようなものがあるのだろう。救急車に乗せたら、係がただちに病院へと急行し、一連の手続きをとる。私ひとりだったら、治療がすめば、

（やれやれ、家に帰って休むか）

くらいのもので、その足で警察へ行くことなど、思いもよらなかったに違いない。

これが、バスでなく個人の車にぶつけられたら、どうなっていたか。

「いンです、いンです」

などと言ったが幸い、向こうは、

「そうですか、じゃあ」

と、連絡先も告げずに走り去っていたのでは。そう考えると、何か、

（相手がバス会社でよかった）

みたいな、妙な感じにとらわれてしまうのだ。

営業所の人の話では、運転手はまだ三日め。齢がいっていたことからすると、他の仕事からの転職組かも知れない。

警察署では、会議室のような広い部屋に机を置き、運転手が警察官と向き合って、質問に答えていた。

（あ、これが事情聴取というやつだな）

とわかった。

間をおいて並べた机に、別の警察官と向かい合わせで座る。

まず、事故が起きたときの状況を説明せよ、と言うので、八百屋を出てから転び終わ

るまでを説明した。すると警察官は、

「そのとき、白線の内側を歩いていたか」

と質問してきた。

私は、これは、歩行者側に責任ありやなしやとする上で、重要なポイントなのだろうと思った。しかし、人間そうそう下を向いて歩いているわけではないので、わからない。

私は、

「そのとき、下を見ていなかったので、白線内だったと言い切れる確証はないが、八百屋を出てすぐだったことからも、内側だったと考えられる」

と答えた。警察官はしばらく考えているようすであったが、やがて、

「白線上」

と書いた。白線上は、内側とみなされるそうである。

次なる問いは、

「なぜ、事故が起きたかと思うか」

「道が狭いからだと思います」

これは本心だった。

あの通りは、もう何年も歩いているが、

（そもそも、よくここをバス路線にしようと思ったな）

と呆れるほど狭い。しかも、路上駐車の車や自転車がいっぱいだ。バスに乗って通ることもあるが、自転車がふいにフロントガラスすれすれを横切ったりし、

（死にたいか！）

と運転手に代わって、怒鳴りつけたくなるほどだ。いつ事故が起きてもおかしくないと、常々感じていたのである。

が、警察官は、

「そんなのは理由にならん」

道の狭さを言い出せば、日本全国至るところがそうだが、必ずしも事故が起きているとは限らない。

「そうだろう」

「すみません」

ごめんですめば警察は要らないのだ。

運転手によれば、そのときも、通りの右側に車だか自転車だかが停めてあり、神経がそちらにいって、左側を歩いていた私には、気づかなかった由。だからクラクションが

鳴らなかったのだ。

話をもとに、警察官が調書を作成する。読み上げるから、間違っているところがあったら、言うように、と。

「えー、一月三十日午後四時頃、と。××区××の路上、カッコ、通称女子大通り、カッコ閉じる、において、被害者が白線上を歩行していたところ、加害者の前方不注意により……」

「ちょっと待って下さい」

口をはさむ。

「私が知っているのは、後ろからバスがぶつかってきたこと、クラクションが鳴らなかったことだけで、運転手さんが前方を注意してたかどうかは、わかりません」

警察官によれば「そういうのを前方不注意と言う」のだとか。

家に帰ると、なんだかぐったりしてしまった。もう夜七時過ぎ。四時間足らずの間にずいぶんいろいろなことがあったような。しかもはじめてのことばかりだ。

手さげ袋から、ピーマンの袋が転がり出てきた。これを買ってすぐ、事故に遭ったのか。ピーマンは六個とも無傷だった。

電話が鳴る。仕事上の知人だ。

「お変わりありませんか」と訊ねるので、

「はあ、実は今日、バスにぶつけられまして」

と答えると、

「ええっ、バス？」

相手が絶句してしまった。そうか、やはり驚くべきことなのか。たしかに、私はたまたま横に飛ばされたからいいが、車体に引っかけられたり、タイヤに巻き込まれたりしたら、骨を折るくらいではすまなかった。倒れたところも、あの通りにしてはめずらしく自転車も車も停めてなかったが、そうでなければ、放置自転車の列に突っ込むか、バスと車との間に挟まれたところだ。そう考えると、やはりお巡りさんの言葉どおり、私は運がよかったのだろうか。

「お見舞いには気をつけろ」

翌朝、九時半頃、部屋の掃き掃除をしていると、ドアのチャイムが鳴った。昨日の運転手さんだ。

帽子はかぶっておらず、私服であった。

「その後どうかと気になりまして、今日はたまたま休みだったもので参りました」

あらためて詫びてから、自分が来たことは会社には言わないでほしいとつけ加えた。事故処理は会社に一任することになっているのだろう。

「おたがいにたいへんな一日でしたね」

と言うと、

「はい、昨日はもう運転手を辞めようと思いましたが、営業所に戻りましてから、みんなから『こんなことでいちいち辞めてたらどうする』と励まされまして、今日あたりから考え直す気持ちになりました」

たしかに、警察署から三人で帰ってきたとき、あまりにも思いつめたようすが気になって、私も励ましの言葉をかけたりしたが、しかし、そう明るく報告されても。正直な人なのだ。

ケーキの箱を置いて帰っていった。

開けてみて、呆然とした。ショートケーキにはじまり、クリーム系のものばかり六個。

これでは日持ちがしないではないか。

(これだから、男は気がきかないと言われるんだ)

溜め息をついた。どうせなら、パウンドケーキにしてくれればいいのに。

その日かかってきた電話では、いきおい交通事故が話題となった。

知人の女性は、何年か前、やはり歩行中にぶつけられたことがあるそうだ。相手は乗用車。

彼女によれば、

「いンです、いンです」

などと救急車を断ろうとしたのは、事故に遭った人間がもっともしてはいけないこと。かすり傷ひとつなくとも病院へ行くこと、そのとき必ず救急車を呼ぶという手続きを通すのが、鉄則だそうだ。

「その場では何ともなくても、後遺症なんて後になって出るものだからね。そのとき、ちゃんとたどれるよう、因果関係をつないでおくことがだいじなのよ。しかも、第三者の証明できる形でね」

なるほど、と思った。いっぱしの社会人のつもりでいたが、その方面の常識というか、いざというときの危機管理能力はまるでなかったことに気づく。

事故後も、ちょっとでもおかしいと感じたら即病院へ行く。そして、とにかくしつこいくらい診断書を出してもらう。

「私なんて、一週間もしてからムチ打ちであることがわかったんだからね」

たしかに、今日の方がはるかに痛い。朝起きたとき、体じゅうが昨日とは別人のよう

に凝っているのに、びっくりした。まるで漬物石でも持ち上げた後のように。そう話すと、

「あー、わかる。二日めか三日めくらいがいちばん痛いのよ」

彼女の説では、事故の瞬間、人間は怪我を防ごうと、全身をとっさに緊張させる。いわゆる防衛本能である。

「瞬間的にものすごい力を入れるから、凝るわけだわよ。子どもの頃は、しょっちゅう鉄棒から落っこったり、跳び箱につまずいたりしたから、慣れてたけど、最近では、全然そういう筋肉使ってないものね」

交通事故が、いつの間にか「運動不足」の話になる。

「昔だったら、ほら、部活なんかしても、筋肉痛はその日のうちに出たものだけど、今はね。反応が出るのがどんどん遅くなっていくのよ。まあ、おたがい、そういう齢になったってことね」

最後はいつもの「齢」の話でしめくくられた。

もうひとりの体験者は男性だ。事故に遭ったのは、八十過ぎの彼の母。乗ったバスが急発進したために、転んで骨折したという。

彼からの注意は、

「お見舞いには気をつけろ」

事故係とかいう男性が、

「おばあちゃん、体の方はどうですか」

と、やたら猫なで声で通ってくるものの、いっこうに示談に入らない。それを言うと、

彼が会社に行っている間を狙って来るようになった。

年寄りは昼間、相手をしてくれる人がいないから、訪ねてくるだけで、ありがたがってしまう。彼にはそれも、バス会社が老人の心理につけ込んで、うやむやにすまそうと考えているように思えてならなかった。

ある日、彼は休みをとり、玄関先で張っていた。菓子折りを下げてきた男は、ぎょっとして立ち止まったが、もう遅い。

「こういうものを誠意とは言わない。きちんと責任を取れ、責任を」

仁王立ちになって怒りまくり、

「まあ、まあ、お前、せっかくこうして足を運んで下さってるんだから」

と止める老母を振りきって、菓子折りを土間に叩きつけた。

果たして補償の話になると、被害者が収入のない老人であるのをいいことに、さんざんに出ししぶる。

「骨折なんて、老人にとっては、へたをすれば死に至る病なんだ。その上こんな、何か月にもわたるごたごたで、精神的、身体的苦痛に対する慰謝料を請求しても、足りないくらいだ」

またしても怒鳴りまくった。

誠意あるふりをして、老人にとり入り、そのくせ払わないですむものは、一円でも払わずにすまそうというバス会社のやり方に、腹が立ってならなかったという。

翌朝、事故後二日めの朝の九時半頃、例によって電話が鳴った。営業所の人だ。近くまで来ている、お見舞いに伺いたい、とのこと。

「あ、はい、どうぞ」

すばやく鏡を覗き込んだ。包帯はちゃんとついている。昨日は運転手、今日は事務方と、にわかに千客万来だ。仮病ならぬ「仮怪我」かどうか確かめにきているわけでもないだろうが、これは、しばらくはうかうか出かけられない感じである。

営業所の人はケーキではなく、果物の籠だった。

「いかがですか」

「昨日今日はやはり痛みます」

「申し訳ありません。病院の方は、むろん私どもで支払わせていただきますので、どうぞ毎日でも治療をお受けになって下さい」

「はい、お医者さまの指示に従って、通うようにいたします」

ほんの十分ほどの来訪だったが、妙に疲れてしまった。ふつうなら、

「いかがですか」と言われれば、

「ええ、もう、おかげさまで、だいぶよくなりまして、お気づかいいただきありがとうございます」

と、礼のひとつも述べたくなるし、

「私どもで支払います」との申し出には、

「まあ、ご親切に、すみません」

と恐縮してしまうところだが、相手の言葉につられてはならないのが、この会話の、神経をつかうところだ。訴訟社会アメリカでは、うっかり「ソーリー」などと口走ろうものなら、

「そら、お前は自分の非を認めた」

と、されてしまうと言うが、ほんとうなら、私はとてもアメリカでは生きられない。

置いていった果物籠を、ぼうっと見ていてから、はっとした。この中に、もしや金一封がしのばせてあるのでは。

賄賂《わいろ》のドラマで、まんじゅうの箱を開けたら万札がぎっしり詰まっていた、みたいなシーンがあるが、それと同じで、受けとったということは、

（これでまあ、内々にすませて下さい）

との申し出を承諾してしまったことになるのではないか。

ビニールをはずし、りんごをどけ、オレンジ、グレープフルーツをどけ、底に敷いてあるビニール屑までどけてみた。ない。すると、どういうつもりなのか。

考えてみれば、今日の見舞いも、すみません、申し訳ないとは言うものの「示談の交渉は今後このように進めます」といった説明はひとこともなかった。

菓子折りを投げ返した男性の話が、まざまざと思い出された。まさか、果物籠ひとつですまそうと言うんじゃないだろうな。

昼過ぎ、スーパーに買い物に出た私は、駅前の交番に立ち寄った。

「一昨日、バスの事故でお世話になった者ですが」

半分も言わないうち、

「あ、あのときの人ね。ちょっと待って」

奥へ呼びにいった。事故のせいで、お巡りさんにも面が割れているようだ。

救急車に同乗した人が出てきた。

「一昨日は、いろいろお世話になりまして、ありがとうございます」

「これは、わざわざ」

実はここからが、本題なのだ。

「それで、つかぬことを伺いますが」

「何ですか」

「示談というんでしょうか、あれはいつ頃からはじめるものかと」

事の次第を知っていて、とりあえず信用できそうなのは、彼しかいない。バス会社の人が見舞いに来たが、示談云々にはふれずじまいだったこと、籠の底を改めたが、何も入っていなかったことを、説明した。

「そりゃあ、あんた、テレビの見過ぎだよ」

お巡りさんは軽くいなして、

「示談なんて、あんたの方からせっつかない限り、いつまで経ってもはじまらないよ」

「そういうものなんですか」

「考えてもごらんよ、バス会社の方じゃ、年がら年じゅう人をはねて、その対応に追われてるんだ。できるなら払わずにすましたいとこなのに、向こうから『あのう、そろそろお金を払いましょうか』、なんて言うわけないじゃない」

バス会社からは異論があるかも知れないが、彼らにとっては、多くの事故のうちのひとつにしか過ぎないという点で、彼の言うことは正しい。

「どういうタイミングで言い出せばいいんでしょう」

「やっぱり、通院が終わったあたりじゃないの」

とのことだった。

二日間で、ずいぶんいろいろ知った気がした。はっきりとわかったのは、これからはすべてに「主体性」をもって当たらなければならないということ。病院の次は、警察での事情聴取と、何もしなくても事が運んだのは、事故の日だけ。今後は自分からはたらきかけない限り、何ひとつはじまらない。

相手がバス会社でよかった、などとのんびりしていたのも束の間、ほかならぬその「組織」と闘わねばならなくなってしまった。

ムチ打ち、全治四週間

病院通いの日々がはじまった。日頃はずぼらな私だが、

(そうだ、こういうことをきちんと把握しておくのも「主体性」のひとつだ)

と通院した日を記録することにした。手帳のその日のところに、一回めなら「病①」

と書き、日数といつ行ったかが、すぐにわかるようにしたのである。

治療は主に、マッサージ、赤外線による温熱治療、及び湿布の貼り替えであった。それも、医者の指示に基づくのではなく、療法士の人が、

「どっちにしますか、電気ですか、マッサージですか」

というふうで、なんとなく心もとない。治療方針のようなものは、ないのだろうか。通うインターバルについても、

「次回はじゃあ、一日くらいおいて水曜日あたりにしますかね。用がある？　じゃ、木曜」

要するに、どうでもいいのだろうか。たしかに、病院は家から二十分歩くところだったが、そこまでせっせと通うことができていたくらいだから、たいした怪我ではないと言えば言えなくはないのだが。

なるべく足しげく通い、通院日数をかせいだ方が、示談のとき有利になるだろうことは、私にもうすうすわかっていた。が、行き帰りだけでも四十分、治療や待ち時間を合わせると、三時間はとられる。私もそうそう暇ではない。一日おきのつもりがつい、二日おき三日おきとなってしまい、インターバルが長くなる。

間でいっぺん、肩こりでときどき診てもらっている、鍼の先生のところへ行った。

先生によれば、事故と後遺症の因果関係を、後から立証するのは、現実にはとても難しいそうだ。患者さんの中にも、事故後一年近く経った梅雨どきになってから、頭痛、耳鳴り、吐き気に悩まされ、職を変わらざるを得なくなった人がいたという。それでも、後遺症と認められなかったので、何の補償も受けられなかったそうである。

うつぶせにしてから、首をさすり、

「これは、あなた、ごく軽くだけれど、頸椎捻挫よ」

「は？」

「いわゆるムチ打ちね」

初耳だった。たしかにあのとき、腰のレントゲンは撮ったが、首は調べなかった。

翌日さっそく病院へ行き、首だけあらたに撮影してもらう。頸椎捻挫で、全治はさらに二週間延びて、四週間。しかし、こういうことさえ、本人から言わなければわからないものなのだろうか。

この病院通いでは、別な意味で社会を覗き見ることができた。私ははじめ外科病院というのは、サイレンの音もたけだけしく、怪我人が続々と運び込まれてくるところかと思っていたが、私のいた間は、患者はもっぱら、ご近所のおじいさん、おばあさんだった。

治療室の前の廊下には、待ち合い用の椅子がいくつも出ていて、常に五、六人のお年寄りがたむろしている。その中に座ると、私ひとりで平均年齢をぐっと下げている感じだ。

患者さんたちは、ほとんどみな知り合いらしい。

「××さんとこの娘さんは、しわ取りの整形手術したの。そしたら、まあ、額のところに線が残って、笑うとひきつれちゃうんだって」

「私も見たけど、はっきりわかるよ」

「ありゃ、なんとかしないと、かわいそうだねえ」

などと噂しているご婦人や、

「あのばあさん、昔は女優さんだったんだよ。そう言や、今でもちょっとかわいい感じするやね」

と私に向かって耳うちする旦那もいて、たがいの家族構成や過去までも知りつくしているようなのだ。たまに誰かが来なかったりすると、

「あらー、××さん、昨日一昨日とどうしたの、二日続けていないんだもの、具合でも悪いんじゃないかと思って、心配しちゃったわよぉ」

病院に来ることが、息災のしるしらしい。

そしてまた、療法士の人たちも、お年寄りに気さくに話しかけているのである。若い男たちだけあって、髪なども茶色く染めていたりするが、

「××さん、今日は電気かける？」

と、赤外線を翻訳してあげている。中にひとりヤクルトの池山選手のような吊り目の青年がいて、私は、

（こいつのマッサージは、痛そうだな）

となんとなく敬遠していたのだが、この池山顔の男が実は、「性格がかわいい」とかで、おばあさんたちからいちばん人気のあることもわかった。今どきの若者を見直すとともに「人は見た目で判断してはならない」と、あらためて思ったのであった。

「全治四週間」の間に、計九回通ったことになる。しかし、この全治もまた、よくわからないものだ。さきに書いたように、次回の治療をどうするかは、医者が決めるのではなく、あくまで自己申告制である。本人が、

「今ひとつ腰の状態がはっきりしないから、もう少しマッサージを受けたい」

と言えば、いくらでも延びてしまいそうなのだ。いったいどういうしくみなのか、私には謎である。

男はいないか

通院は終わった。バス会社からは何も言ってこない。

私は営業所の人に電話をし、話し合いに入りたい旨告げた。営業所ではなく、本社の担当となるとのこと。さっそくその人のところへ、補償額算定の基準になると思われる、前年度の税金申告書の写しを送りつける。「自分からはたらきかける」の実践だ。それが三月十日のこと。

翌々日、電話が鳴った。担当の人だ。これから伺いたいという。どうしていつも、こう突然なのだろう。前もって知らせると、ふだんはしてもいない包帯をぐるぐる巻いて、寝込んだふりをしたりする人がいるのだろうか。

室内のあまりのむさ苦しさに、

(どうしよう)

と思ったが、部屋の美醜が示談に影響するわけでなし、堂々と迎えることにした。

担当の人は、故大平首相を思わせる角顔をした、白髪混じりの、六十年配の男だった。退職した運転手を再雇用しているのか。が、東京で長く運転手をつとめたにしては、訛がかなりある。口調も、とつとつとしたものだ。

その日は挨拶だけだった。

帰った後、例の菓子折り投げ返し男に電話した。示談について、今一度詳しく語ってもらおうと思ったのだ。

「えっ、もう来たんですか」

それはしまった、と言いたげな声を出し、

「岸本さんのところは、たしかアパートでしたよね」

「ええ、築十年くらいのアパートですけど、それが何か」

彼によれば、アパートで、その上女のひとり暮らしでは、どうしても安くみられる。住まいは変えるわけにいかなくても、せめて男性を同席させるべきだった。

がっくりした。「部屋の美醜」はやはり影響するのか。しかも、女性であることが、なおさらいけないとは。一社会人として主体性をもって事に当たろうとする気持ちが、くじかれるようだった。

しかし、男性と言われても。弁護士を頼んだりしたら、いくらかかるかわかったものではない。

(男、男、誰かいないか)

ひとことも発しなくていいから、とにかく男のなりをして、置き物のようにでんと座っていればいいのである。腕組みでもしていてくれれば、なおのこといい。

考えたあげく、行き着くところは「父親」だ。次回から同席してもらうことにした。

三十過ぎて親のおでましを願うなど、まったくもって情けない。ひとり立ちしているつもりでも、いざとなると父親だのおじだの、家族か親戚の男に出てきてもらうほかないのだろうか。

たまたま同じ頃、小さな会社をやっている知人の男性が、何やら忙しげに走り回っていた。

「いやあ、うちで働いている女性が、交通事故に遭ってしまってね。業務上の事故ではないけれど、若い女性だから、何かあると出ていかないわけにはいかなくて」

それを聞いたとき、私は、

（まあ、なんて、いい会社なの！）

と、羨ましさに思わず落涙しそうになってしまった。会社が家族に代わって駆けずり回ってくれるなんて。日本の会社は家族的だと言われるゆえんは、こういうところにあるのだろうか。組織に属する意味を、あらためて感じてしまった。

示談まで

いよいよ示談。話がこんがらがるといけないので、父親には私が特に求めない限り、何も言わずに座っていてもらうことにした。

具体的には損害賠償の額の話になる。が、この算定方法そのものも、私にはとうてい受け入れがたいものだった。

「保険会社によると」

と、大平似の担当者が説明したところでは、基準となるのは通院日数。

「通院日数」×「その日に得たであろう収入」

が、いわゆる「逸失利益」とみなされる。ありていに言えば、多く通うほど「得」になる。

が、私のように家で仕事をする人間でさえ、なかなか通えないのだ。会社勤めの人はなおさらだろう。痛もうが思うように歩けなかろうが、松葉杖にすがって、あるいはタクシーで出社することもあるに違いない。そういう場合は、何の補償もされないのか。早い話、病院に行った者勝ちで、がまんしいしい働くほど「損」をするしくみなのだ。

こういう問題もある。さきの計算式中の、「その日に得たであろう収入」は、前年度の税金申告書上の「年収」÷「実働日数」

で割り出す「一日あたりの収入」をあてはめる。この実働日数をどう考えるか。

同じくさきの計算式で、「通院日数」を数える際、大平氏が、

「この日とこの日は土曜で、もともとお休みの日ですから、収入はないわけで、『その日得たであろう収入』を掛ける『通院日数』には含まれませんね」

と、土曜日を除外したとき、私はカッとなり、テーブルをひっくり返したくなった。(私の仕事は土曜も日曜もないんだ!)が、土日も働きますと言うと、そのぶん「実働日数」が多くなるわけだから、「年収」を「実働日数」で割って出す「一日あたりの収入」は少なくなる。そう、とっさに考えて、テーブルを倒すのを思いとどまった。

要するに、

「通院日数」×「その日に得たであろう収入」

の、一方をふくらませると、一方がしぼむ。悔しいけれど、うまくできている。私は後項を小さくしたくなかったので、前項については、バス会社の言い分を受け入れた。が、積としてはどちらが大きかったのかは、わからない。

そして「年収」、これが最大の争点となった。

私の収入は、主に原稿料と印税により成り立っている。が、大平氏によると保険会社は、こともあろうに「印税はここでの収入とは認められない」と言うのだ。

曰く、印税は何もしなくても自然に入ってくるものである。よって、通院で働けなかったため得られなかった収入とはみなされない。

「そういうふうに、保険会社ではなってるんです」

（このー！）

私は今度こそ、立ち上がり、テーブルをひっくり返しそうになった。

なんという言いぐさ。金のなる木でもあるまいし、家に座っているだけで「自然に入ってくる印税」なんてものが、どこの世界にあろう。

そりゃあ、十万部、二十万部売れて、知らない間に印税が振り込まれているような、ベストセラー作家にでもなれば、それに似た感じがするかも知れない。が、その本だって、その人がある時間手なり指なりを動かさなければ、この世に生まれ出ないわけで、その労働を認めないのは「有」を「無」と言いくるめるようなものである。

いや、十万部、二十万部売れる人は、その原稿を書けなかった一日あたりの「逸失利益」は大なるわけだから、補償額はよけい多くてしかるべきだ。それを、言うに事欠いて、「収入とはみなされない」とは、どこをどう押したら、そんな愚にもつかない論理が出てくるのか。

そして、私の場合、本はほとんど書き下ろしだ。文字どおり「書いてなんぼ」の世界である。それをあたかも不労所得のように言われては、話し合いにも何もなりゃしない。

「これでは全然納得できませんよ。保険会社は私の収入の成り立ちを知ろうともしないで、ものを言ってるとしか思えません。私が今申し上げたことを、保険会社にその通り説明して下さい。それでもわからないと言うんなら、ここへ連れてきて下さい」

ということで、第一回の交渉は決裂した。しかし考えてみれば、保険会社は私とは何の関係もないのである。私としてはPバスから払うべきものを払ってもらえばいいのであり、そのお金が保険で出ないと困るのは、Pバスのつごうであって、私の知ったことではない。

要するに、バス会社は保険の下りる範囲内では払うが、自分のふところを痛めるぶんについては、一円だって払いたくないのである。まさに、菓子折りを投げ返した彼の言っていたとおり。

さきの交渉においても、その点を鋭く突くべきだった。印税云々で、あまりにもくだらぬことを言うものだから、ついむきになってしまったではないか。大平氏のいるうちに、気づけばよかった。

しかし、こうなると、担当者の「人選」にも、バス会社の意図を感じるな。さきに書いたように、大平氏は四角い顔、白髪混じりの頭で、訛も強く、いわゆる田舎のお父っつぁん的な雰囲気だ。

「この人なら、そうそうあこぎなことはしないだろう」

と思わせる人である。そこが、バス会社の狙い目では。気をゆるめさせておいて、しぶれるだけしぶるつもりに違いない。

交渉第二回。またも、父親同席である。

大平氏は今回は、懐柔策のつもりか、ある案を持ってきていた。

「私、考えたんですが、病院への行き帰り、タクシーを使ったことにしたらどうでしょう。ここから病院までの距離を調べましたところ、基本料金でしたので、基本料金×往復の二×通院日数」

いそいそと電卓を叩き、

「ま、ほんの気持ちばかりの額ですが、どうでしょう」

と示してみせる。まるで、さも私の身になって考えているかのようなふりをするが、損害賠償の基本的な考え方が気に入らない私は、こんなどうでもいいようなところで「譲歩」されても、はじまらない。

(それだって、どうせ保険の範囲内なんだろう)

と、皮肉のひとつも返したくなる。

算定方法については、言いたいことが山ほどあったが、諸々を合わせた賠償額が、被害の実感とそうかけ離れていないと思われたので、今日で決着することにした。父親も異論なしとのこと。その場で、示談書を作成する。

「本件の交通事故に関し、甲及び丙は連帯し、乙に対して損害賠償として総額金三八八、四八五円の支払義務あることを認め、既払金六九、四四五円を除く、残額金三一九、〇四〇円を支払いました」

甲は運転手、丙はPバス、既払金は病院への支払いである。

ただし、知人の女性や鍼の先生の言うように、のちのち後遺症が出る場合を考え、

「尚、本件の交通事故に起因して、新たなる後遺障害が発生した場合、双方別途協議し解決するものとする」

の一文を加えることを忘れなかった。日付けは五月十一日。事故発生から三か月以上かかって、ようやく決着したわけである。

それから四年近く経つ。今のところ後遺症らしきものは出ていない。肩こり腰痛はいつもながらだが、これはもうワープロ性のものとあきらめている。

区の広報誌の編集をしているという会社から、電話がかかってきたこともある。放置自転車の特集をするが、商店街でバスにぶつけられたそうで、それについて取材したいと。前に雑誌でちらと、「放置自転車があったらもっと大怪我をしていた」みたいなことを書いたのだ。後に送られてきた広報誌には、私の談話として、

「放置自転車は、ときに凶器にもなるということを、ぜひ知っていただきたいと思いま

す！」

という力強いコメントが載っていた。

Ｐバスは相変わらず、店先すれすれのアクロバット走行を続けている。私は商店街で買い物するのは変わりないが、注意するようになった点といえば、白線の内側を歩くことくらいだろうか。

あの運転手さんはどうにか仕事を続けているだろうかと、フロントガラスの顔に目を凝らすが、帽子のつばの奥深く隠れ、見えた例《ため》しがない。

虫たちとの果てしない闘い

カシミアのセーターが！

ひとり暮らしのアパートはいろいろな敵に囲まれているが、この数年来私がずっと闘い続けているのは虫である。夏になると必ず出る。ゴキブリ、ハエ、蚊なら、まだいい。私の敵は、正体の知れないところが手ごわいのだ。

はじまりは三年前の秋だった。

（そろそろ冬物の季節かな）

と、六畳間のふだん使っていない方の箪笥の抽き出しを開けた私は、

「あれー」

と思わず声を上げた。セーターに米粒くらいの穴があいている。点々と何か所も。

抽き出しの裏側の、木目のささくれ立ったところにでもひっかけたのではと思った。が、それにしては方向がまちまちだ。

やがてわかった。虫だ。虫に喰われたのだ。

（もしや）

と、同じ抽き出しのセーターやカーディガンを次々とひっぱり出してみると。果たしてみな、どこかしらやられている。ひとつとして無傷なものはない。クリーニングに出したものまでも、ビニール袋の中にわざわざ入り込んで喰っているのである。

その冬は服をとり出すたびに、愕然たる思いを味わった。私は夏物と冬物をいっせいに入れ替えるのではなく、着ようと思うものから順次押し入れや箪笥からひっぱり出してくるのだが、「今日の服」を頭の中で組み立てて、さあとばかりに持ってくると、穴が。しかも、スカートならまん前、セーターなら胸のまんまん中と、よりによって、いちばんあいてほしくないところにあいているのである。スカーフをしても隠しようがない。繕えば繕うで目につくし、そのままでごまかしたくても、セーターなど置いてあるときは米粒大の穴でも、着ると倍くらいに広がってしまうのだ。私がもっとも人に知られたくない、中のババシャツが見えてしまう。

そうしていったい何枚の服を、やむなく「家用」に降格させたかわからない。穴さえあいていなければ、じゅうぶん外にも着られるものを。

私としてはかなり思い切った買い物だった英国直輸入カシミア一〇〇パーセントのアンサンブルにまで発見したときは、怒りを通り越して憎しみがこみ上げてきた。

(おのれ)

抽き出しのはしをつかんだまま、ぶるぶると手をふるわせる。

私が許せないのは、一枚のセーターを喰いつくすならまだしも、こっちをひとかじりあっちをふたかじりと、文字どおりつまみ喰いしていることである。飢えに苦しんでのことならまだ同情もできようが、この喰い方は、飽食の果てのふざけ半分としか思えない。人のいないのをいいことに、服から服へと縦横無尽に這い回る虫の姿が想像できる。

私の住まいは、四畳半の台所、四畳半、六畳である。四畳半と台所は引き戸を開ければひと続きだが、六畳とは壁で隔てられている。六畳へ続いているのは、台所のドアだ。このうちの台所＋四畳半で、寝て食べて仕事をし、と一日のほとんどを過ごす。

六畳の方は、いわゆる居住空間としての機能はない。百科事典をはじめ本、服、その他ありとあらゆるものの置き場である。この「服」にもいろいろあり、ハンガーになんとなくぶら下がっているもの、洗濯のあと室内干しに一時的に吊しておくつもりがいつの間にか固定化してしまったもの、そのうちまとめて衣装ケースにしまおうと、とりあえず畳むだけしたものが、そのまま積み重ねてあるもの。その他に箪笥もあり、押し入れには突っ張り棒を渡して、ジャケット、コート類がかけてある。

その六畳全体に何らかの虫が夏の間に大量発生したに違いない。抽き出しからは、勢いよく開けた拍子に、空っぽの和紙の袋がふわりと転がり出てきた。防虫剤の抜け殻だ。入れておいたことはおいたが、足りなかったのだ。

今まであまり力を入れていなかったが、防虫対策の必要性を痛感した。私たちが子どもの頃に比べて、日本の公衆衛生は格段に進んだから、つい怠っていたのである。虫干しなどという言葉は死語になりつつあるし、蚊帳《かや》や蠅帳にいたっては、もはや博物館に行かなければ見られないと言われているほどだ。が、考えを改めて、徹底的な害虫駆除を行おう。

ときならぬ洗濯大会

私は虫食いの穴が、ジャケットよりはセーター、スカート、それも前の方に多いことに注目した。食べこぼしと関係があるのではなかろうか。すなわち繊維中にしみついた汁が、虫にとってかっこうの餌となるのではないか。

クリーニングに出したものまで喰われているのが矛盾と言えば矛盾だが、あれは実は汚れがあまり落ちないとも聞く。事実、クリーニングから戻ってきて袋のまましまっておいたセーターを、次のシーズン出してみたら、しまうときにはなかったしみが、胸のところにでかでかと生じていたこともある。

またシーズンを通じて一、二回しか袖を通さなかったものなど、クリーニング代がもったいなくて、

(ま、いいか。はでに汁を飛び散らかした覚えもないし)

と、そのまま入れてしまっていたこともあった。あれなどは、すすんで虫に餌を提供したようなものだ。私のところは一階だから特に虫が嗅ぎつけてきやすいのかもしれない。

子どもの頃母が「バルサン」を焚いたことを思い出した。家じゅうを雨戸まで閉め切って、煙で虫を燻《いぶ》し出すもので、近所の人が火事と思って消防署に通報するといけないから、

「バルサン燻煙中」

と書いた紙をあちこちに貼り出していたのを覚えている。まるで家ごと競売にかけられたような、おおげさなありさまだった。

燻煙のあとがまたたいへんで、細かい煤のような粉が畳と言わず簞笥の中と言わず散

り敷いているので、頭巾をかぶって、はたきかけ、掃き掃除、拭き掃除しなければならず、さすがの母も一度で懲《こ》りたようである。が、こうなったら六畳だけでも、あれをするほかないのだろうか。

そんなとき、新聞の広告で「アースレッド」なるものを見た。煙で退治するのは同じだが、火を焚く代わりに、水を入れる。灰は出ない。「燻煙中」の貼り紙も不要という。

（これだ）

さっそく薬屋から買ってきた。二十余年の間に、害虫駆除剤もまた進歩していたのだ。日中ずっと留守する日に、することにした。六畳のまん中に缶を置き、フタをとって水を注ぐと、あら不思議、火のないところに煙が立つ、玉手箱のような白い煙が、缶のまわりに漂いはじめるではないか。

その日、外出から帰ってきた私は、とるものもとりあえず六畳間に入り、部屋の中に佇《たたず》んで、くんくんと鼻をひくつかせた。芳香剤のような香りがかすかに残っている。煙というより薬だな、これは。水を触媒にした化学反応に違いない。

抽き出しの中をすみずみまで覗いたが、残念ながら死骸は発見されなかった。こちらは別に殺生が目的ではないから、煙に慌て、すたこらさっさと逃げてくれたら、いいのである。

次にすべきは、あらたに寄せつけぬこと。それにはまず、餌となるべきものを絶つ。洗濯だ。

セーターはもうクリーニング屋まかせにしないで、よほど型くずれのおそれのあるもの以外、自分で洗うことにした。

「おしゃれ洗いの洗剤ってあるじゃない。毛糸も絹もオーケーっていう。あれで洗濯機を『弱流』にすれば、カシミアでも結構いけるよ」

と友人。彼女は今では、クリーニングに出したものでもいっぺんは水洗いしないと気がすまないという。

私は実は何年か前、クリーニング代を節約しようと洗濯機に放り込んだところ、セーターがみるみる子ども服くらいに縮んでいき、引っぱってもアイロンで伸ばしてもどうにもならず、かえって高い代償を払ったという、悲惨な経験がある。が、彼女によれば、

「おしゃれ洗いの洗剤ならだいじょうぶだって。私もはじめはおっかなびっくりで、中国製のカシミアから試したの」

ただし排水から脱水に移る前にいったん形を整える、脱水タイマーが三分の一まで回ったところで手動で止め、切り上げることがだいじだそうだ。

四月下旬のよく晴れた日、いくらなんでももうウールのセーターは着ないだろうと思

われた日に、洗濯大会を行った。

白いセーターに黒い毛が刺さってもいけないので、色別に分けて、何回となく洗濯機を回す。

「シーズン中クリーニングに出したものでも、水がまっ黒になるよ」

友人が言っていたので、もっとも染料の色の影響を受けないであろう白のとき、回っている水を、ガラス瓶にとってみると、果たしてびっくりするほど濁っていた。見た目には何もついていなくても、やはり汚れているようだ。虫が好むわけである。

一回に二着ずつくらいしか洗えないので、まる一日洗濯機を回すことになった。全自動だが、排水のすむごとにいったん止め、手をつっこんで形を整えたりと、付ききりで出し入れしていたため、指がすっかりふやけてしまった。が、春の陽ざしとおしゃれ洗いのやわらかな香りに包まれての一日は、それはそれでなかなか気持ちよかった。二年前の春である。

乾かしたセーターは、防虫剤とともに収納した。ふわふわの空袋になって出てきたときのショックが強かったので、これでもかとばかりに詰めた。あまりに入れ過ぎたためか、翌シーズンはじめて着用したときは、目がちかちかしたほどだ。が、そうして二重、三重に対策を講じたせいだろう、その秋に出した服はあらたな穴はあいていなかった。

「この部屋には何かがいる」

ところが昨年、恒例となった春の洗濯大会を終えてひと息ついたあたりから。なんとなくかゆい。体のどこかしらが、むずむずする。振り返れば、暦の上の立夏を過ぎてから。啓蟄《けいちつ》の候というが、わが家の虫は汗ばむ季節になるとうごめくらしい。たまらずに掻きむしるほどではないが、散髪した後の毛くずが、服のそここに刺さっているような感じが、常にする。

頭にきて、

(ええいっ)

と、Tシャツを裏返しに脱ぎ、つぶさに見るが、姿はなし。考えてみれば、まだ一度も目にしていないのだ。

いわゆるダニというやつか。ダニならたしか日光に弱いはずである。虫干しというくらいだ。

そう思い、少しでも日がさしたら、せっせとベランダに干すことにした。シーツからタオルケット、枕カバーまで。できるならばベッドごとベランダに立てかけたいくらいだ。そのうち、寝るときにタオルケットがぱりっと乾いていないと、物足りないほどになった。

にもかかわらず、かゆさはますますひんぱんになる。点ほどの刺され跡もできていた。蚊と違って腫れもしない代わり、なかなか消えない。そして、しつこくかゆい。

（この部屋には何かがいる）

「アースレッド」を、ふたたびすべきか。するならば六畳だけでなく、四畳半もだ。薬屋に行くと、前よりさらに進歩して、水さえ要らないものが出ていた。その名も「バルサンSPジェット」。が、水あり、水なし、どちらがいいか。

白衣をまとった店の男が通りかかったので質問すると、答にちょっと詰まってから、

「そうですね、ものによっては消防署に断って、燻煙中の貼り紙をしなければならないとも言いますし」

と二十年も前の話をし、

「やはりお客さまご本人が納得してお使いになれる商品がいちばんいいかと思いますよ」

などと、わけのわからぬことを口走って逃げてしまった。あの男は自分で虫退治をしたことなどないに違いない。

水なしの方を試してみることにした。六〜八畳用、十二〜十六畳用、十八〜二十四畳

用、二十八〜三十二畳用とある。ベッドの部屋もするつもりだから、六〜八畳用をふたつ買う。「ゴキブリ、ノミ、イエダニ」に効くという。私が退治したいのは何なのかまだわからぬが、ゴキブリに効くなら、たいていの虫はころりといくだろう。

三日間留守にするので、そのときにしよう。出かける前にセットして、煙が出るのを見届けてからすみやかに家を後にすればいい。

当日は出発の二時間も前から、雨戸を閉め切った。間ぎわになってばたばたするといけないから、六畳だけ先にはじめる。そのために、その日身に着けるべき、下着から、シャツ、綿パン、ベルト、鞄といったすべてのものを、あらかじめ四畳半に移しておいた。

煙がすみずみまでいきわたるよう、押し入れの襖をはずし、箪笥の扉を開放する。抽き出しは、少しずつずらして開けた。積み重ねてある服はわざと、しっちゃかめっちゃかに引っくり返す。知らない人が見たら、泥棒のしわざと思うだろう。

散らかしたまん中に缶を置く。説明書にあるとおり、はずしたフタで、缶中央のヘッドをこすると。

「おう」

思わず顔を引いた。ライターの炎ほどの発火があったのだ。

次の瞬間には、白い煙がしゅーっという音とともに上がっていた。漂う、ではない。発煙筒のような勢いで、まっすぐに噴き上げる。

煙に巻かれる前に退散せねばと、慌てて部屋を出、ドアを閉めた。

ほどなくドアの隙間から、白い煙がもれてきた。「アースレッド」より強力だ。説明書によると、燻煙中は貼り紙をして下さいとのこと。「バルサン」は今も貼り紙が要るのか。

一時間ほどして、いよいよ身じたくにかかり、はっとした。いちばん上にはおるつもりの麻のジャケット、六畳の押し入れに吊したままだ。

突っぱり棒のはしっこにかかっているのはわかっている。息を止め、決死隊となって飛び込んだ。煙がもうっと襲いかかる。目をつぶったまま、腕を伸ばし、いちばん手前にあったものをひっつかんでドアを閉めた。

「はーっ」

息をつく。すごかった。いくら生命力の強いゴキブリでも生きられまい。しかし、あれを、四畳半で噴射していいのかどうか。物置と化している六畳と違い、寝起きするところなのだ。

そうでなくとも、六畳〜八畳用を四畳半に使おうというのである。説明書には、定められた使用法を守るよう、そうでないと健康を損ねるおそれがあると、わざわざ赤で書いてある。

結局、四畳半はあきらめた。メーカーには、三十二畳用なんて要らないから四畳半用を作ってくれと言いたい。

しかも、「バルサン」したにもかかわらず相変わらずかゆい。四畳半については、勢力はちっとも衰えていないようだ。むしろ、六畳にいたものがぞろぞろと移動してきたのではと思われる。

そして、ある夜。

その夜は初の熱帯夜で、ふだんならすぐに眠ってしまう私も、さすがに暑苦しく、寝返りのうち通しだった。それにしても、寝つけずに、自分でも何をあっちばったんこっちばったんやっているんだろうと訝しんだくらいである。手は、枕にあたる首のあたりを、ひっきりなしに掻いていた。

翌朝、鏡を見た私は、

「あーっ」

首の右半分がまっ赤に腫れ上がっている。

前の夏、まったく同じことがあった。夜中、背中があんまりかゆいので、洗面台の鏡の前に背を向けて立ち、肩ごしに振り向いて覗くと、蛍光灯に照らされた下に、自分のとは思えない背中が、浮かび上がっていたのである。

右の肩から、背中、左の脇腹まで、無数の赤い跡がついている。ひとつひとつが腫れ上がり、もとの皮膚が見えないほどだ。点というより面である。

あまりに広範囲だったため、虫とは考えなかった。虫ならば何千回と刺さねばならず、針が折れてしまうはずだ。じんましんに違いない。

朝起きて半日がまんしたが、腫れはひかず、ますますかゆくなるばかり。このままではショック症状を起こすのではと、皮膚科の門を叩いたところ、

「毛虫です」

毛虫の毛にかぶれたという。毛が一本服につくだけでも、こうなるとか。

寝る前に本を読んでいても、視界のはしを小さな虫が飛んだようで、はっとはらう。何もいない。読みはじめると、また飛ぶ。シーツの目が、蛍光灯にちらちらするのが、虫がうごめくように見えてくる。

飛蚊症でないかとさえ思った。が、外では何ともないのだ。

眠ろうとすると、超音波のような羽音が、耳のそばで聞こえる。刺された、と跳ね起きると、髪の毛がさわっているだけだった。

シーツ、タオルケットは、以前にもまして念入りに干す。殺虫剤を噴きつけて寝たいほどだ。

首のかゆさも相当で、いちど掻きはじめると、とことんまで掻いてしまわなければ、気がすまない。寝ている間に掻きこわさぬよう、爪を切った。うなじの毛は、患部を刺激するので剃ってしまった。

深夜の作戦

そんな夜が続いたある日。

となりの奥さんと電話していて、私がふと、

「夏は例年そうだけど、今年は特に虫が多いような感じしない？　かゆくてかゆくて」

ともらすと、

「そうなのよ。じんましんかと思ったけど、どうやら虫らしいのよね」

「えっ、私もよ」

症状を話し合ったところ、

①赤くなる。

②もとの皮膚が見えないくらい腫れる。

③腫れがひくと、小さなかさぶたのようなものが残る。
④とにかく、かゆい。
の四点が共通するとわかった。

しかも彼女の場合、ベランダに近づくとそうなるという。

私たちのアパートは、緑がゆたかというか、ベランダの土台につたがからまり、ちょっとした木も植えてある。夏には造園の人が何回か来て、剪定《せんてい》をしてくれるのだが、ある昼下がりも、となりの奥さんは拭き掃除をしながら、窓の向こうからぱちんぱちんと明るく響いてくる鋏の音を、

（切ってる、切ってる）

と、頼もしく聞いていた。

造園の人が帰った後、洗濯物をとり入れるべくベランダに出た。植木もずいぶんさっぱりしたようだ。

物干しリングに手をかけて、

「ぎゃっ」

花柄のシャツの花という花に、小さな虫がびっしりととまっていたのである。バーチャルリアリティーというのか、枝をはらわれ、びっくりして飛び出した虫が、ほんもの

の花と勘違いして吸いついたらしい。

「ベランダまわりには、何かがいる」

と彼女。

そう言えば、私がかゆくなるのも、タオルケットを一日じゅう干していた日、あるいは乾いたシャツをとり込んで、そのまま着て寝た日。

なんということ、日にあてて虫よけしたつもりが、逆にせっせと吸いつかせていたのである。せっかく「バルサン」した六畳も、

（さあ、虫も退治したことだし、新鮮な空気を入れましょう）

と、ベランダに向かって、晴ればれと窓を開け放してしまったのだ。

こうなったら、植木に薬剤を散布するしかないか。環境問題を考えると、あまり積極的になれないが、生活がおびやかされるにいたっては、しかたない。

スーパーの園芸用品コーナーに行くと、ある、ある。ありとあらゆる生き物の駆除剤が。「犬・猫立入禁止」「忌避剤　のら猫にげる」「強力防鳥具　ハト逃げる」「ネズミとりラポイ」「ザ・撃退　家まわり不快害虫駆除剤」「アリ退治に　アリアトール」「ナメクージョ」「ナメダウン」。

あまりの多様さに、

（世の中にはこんなに、虫その他の害に悩まされている人がいるのか）と驚く一方、人間が「快適な暮らし」をするためには、これだけ多くの生き物を追い払わなければならないのかと、気がひけるようだった。

数ある中から「ザ・撃退」にした。先に攻撃をしかけてきたのは向こうなのだから、「ザ・正当防衛」と言ってほしいところだ。

駆除される虫も「アリ、ダンゴムシ、ワラジムシ、ヤスデ、ムカデ、ゲジゲジ」と、「バルサン」とはぐっと趣が違ってくる。それにしても、わが家の虫は何なのだ。

夜中に散布することにした。これまでの経験から、虫は昼のうちさかんに飛び、夜は枝で寝静まっていると考えられるからだ。薬は粉で、虫にじかに振りかけるか、いそうなところに撒く。

「マスク、ゴム手袋などをし、多量に浴びたり、吸い込んだり、目に入らないように注意して下さい」という。長袖、長ズボンにゴム手袋をはめ、襟元にもタオルを巻くと、早くも汗がだらだら出た。熱帯夜だ。偏光メガネをかけ、マスクはなかったので、三角に折ったハンカチで鼻と口を覆った。

ベランダから身を乗り出し、つたや木めがけて、ぱっぱっと撒く。撒いたら即、カーテンを閉めた。今夜、毒ガス事件が起こったら、申し開きはできないだろう。

その夏もどうにか過ぎて、今また春がめぐって来ようとしている。窓を開け放ち、風を通したくなる頃が、植木のあたりが気になる季節のはじまりだ。虫との闘い、まだまだ続きそうである。

あとがき

旅の本も出していたりするように、旅はまんざら嫌いではない。どこどこへ行って紀行文を書きませんか、みたいな仕事があれば、国内外を問わずほいほいと出かけていく。俗な人間だから、おいしいものを食べに行くのも好きである。一泊二日くらいなら温泉旅行もしたりする。

が、そうしてそこそこ楽しい時を過ごした後、家に帰ると、

「あー」

と思わず伸びをする。部屋に入ったとたん、体じゅうの筋肉がゆるんでしまうような。

気の合った人とつかる温泉もいいが、わが家の風呂も捨てがたい。文庫本が読みたくなったら、裸のまま部屋を通って取りにいける。とことんまで「あるがまま」でいられ

るのが、わが家のよさだ。

かく言う私も十代、二十代の頃は、あるがままということを、あまりだいじにしていなかった。はっきりとは思い描けないが、少なくとも今の自分とは違う「あるべき自分」のようなものが、常に気になり、焦っていた。

おそらく「ある」と「あるべき」の差を強く意識するところから、人間の成長がはじまり、社会もそうして発展してきたのだろう。が、この頃では、それと同時に、あるいはそれの前段階として、今ある自分とちゃんと向き合う、それもまた人としてじゅうぶんに取り組む価値のある仕事なのでは、と思えてきた。

話は突然変わるようだが、介護の職についている人が、あるときふと、

「齢とると、その人の地って言うか、それまでどう生きてきたかが、ホント、そのとおりに出るのよね」

と、溜め息混じりにしみじみと語った。これとまったく同じ言葉を、医療関係者からも聞いた。

人は病気とか老いといった事に当たり、「さあ！」と突然別人格になれるわけではない。生き方とは、ふだんその人が何を基準に、どう考え、どのように行動しているかに尽きる。そう言いたいのだと、私は受け止めた。「あるべき自分」に気をとられるあま

り、なんてことのない日常を、仮の日々のように考えて、おろそかにしたりしてはいけないと。

「ゴミ出しがどうのと、それこそ貴重な紙資源を使い、何をやくたいもないことを書いているんだ」と思われるかも知れないが、以上のような気持ちも、この本を書く上で少しあった。

以下、それぞれの章の「その後」について、付記しておく。

「服」はだいぶ理性的に買うようになったつもりだが、増えるものがあれば減らすものもあり、が世の常。「お父さん、お母さん、お許し下さい！」と心のうちで叫びながら、この冬もひと袋ゴミに出した。

「ババシャツ」。読者の方はすでにお気づきのように「×××」は「ダマール」である。私はこれをひょんなことから買い、現在はダマール道を驀進《ばくしん》中だ。それについては、次の機会にぜひ書きたいと思う。

「英語教材」は初級十六巻を終え、すでに中級に入っているが、仕事でインドに行ったときも、インドの子どもより喋れなくてがっくりした。やはり人間、ラクしては何ごとも成し得ぬのか。

「ドラマ」。私は実はビデオをくり返し見過ぎたせいか、陸一心役の上川隆也に結構「ほ」の字になってしまい、「徹子の部屋」に出たときも、しっかりと録画して見た。そういうことができるほどに、私の録画技術は向上したと言うべきか。養父役の人のことも知りたくて、NHKの番組紹介誌「ステラ」のバックナンバーをとり寄せるべく問い合わせたが、すでに完売とのことだった。もしもお譲り下さる方があれば、たいへんありがたい。

「ものぐさ自慢」。あの章を書いてから、カーテンが気になり出し、洗濯機で洗ったら、なんとばらばらにほどけてしまった。よく幽霊屋敷の図で、カーテンがほとんど繊維だけになって垂れ下がっているのがあるが、あれはけっして誇張ではないと知った。これについても、機会があればぜひ書きたい。

「ゴミ調べ女」。彼女としては貼り紙だけで効果ありと思ったのか、その後犯人の名の書かれた紙は見ていない。この頃はとんと彼女の姿を目にしなくなり、体でも悪いのではと心配である。

「妊娠話」。友人は、病院ではなく助産院のようなところで産んだとかで、「剃毛、会陰切開、浣腸」の三点セットはなかったそうだ。手紙なので詳しいことはわからない。

「人間ドック」。あの後、市のドックに申し込み、総合検査をしてもらった。特に異常はなかったが「肺活量」がとてもいいと言われたのには驚いた。運動をしていたわけでもなく、胸はむろん薄いのに。

「夢」は相変わらず、私を楽しませてくれている。今朝がたも、気に入らない人に向かって、ハデな啖呵を切り、大立ち回りを演じて、胸のすく思いであった。相手が誰かは、さしさわりがあるので言わない。

「事故」。この頃は腰痛に悩まされ「もしやあのせいでは」と思うこともある。が、証明するてだてはなく、示談書につけ加えた一文は、結局は気休めだったかも知れない。あまり悪い方に考えず、せっせと鍼に行くことにしよう。

「虫」。あれから刺されてはいないが、ちょっと気を抜くと、すぐ穴を開けられる。正体はいまだわからずじまいだ。

一九九七年　春

岸本葉子

解説

一人でいるのが何より一番……

さらだたまこ

この頃、一緒に飲む仲間に〝シングル〟がまた増えてきた。ずっと結婚しないシングルだったのが、いっときカップルになってたのだけど、またブーメランしてシングルになったというような女たちだ。

で、話していると「長年、一人で来ちゃうとさ、自分の生活スタイルの中に誰か入ってくるってダメなのよね」と言い、「あいつの荷物が多いのに辟易《へきえき》した」とか、別れたかつてのダーリンに対する愚痴を必ずといっていいほど聞かされる。

友人には逞しい女が多く、自分の住んでる部屋に相手が転がり込んできて、二人の生活を始めるパターンになりがちで、「あいつのオーディオ一式でリビング占領された。それも私のインテリアの趣味に合わないやつ」なんてことがストレスとなり、そうした積み重ねがやがて二人暮らしの危機を招いていく。

生活スタイルへのこだわりというものは、年を取るごとに、マイテイストが強くなるように思う。

私は子どもの頃、和室中心の3LDKタイプの団地に住んでいた反動で、今住んでる部屋は意図的に洋間オンリーにしている。冷え性なのでフローリングは苦手で絨毯を敷きつめて暮らしている。絨毯にじかにペタンと座るのも好まないので、六人掛けのテーブルをどんと置いている。

リビングには普通ソファーとコーヒーテーブルを置くというのが一般的だが、限られたスペースなら、私はダイニングテーブルを置くことを優先させたいタイプなのだ。というのも、広いテーブルがあれば、そこでいろんな作業ができる。原稿を書きながら食事するにも都合がいいし、資料を広げるにも便利だし、シーツのアイロンをかけたりする時も実に重宝する。

「一人暮らしなのになんで椅子が六つもあるの？」と、初めて訪ねてきた人はたいてい不思議がるが、実はスタッキングできる丸椅子や折りたたみ椅子も入れると、我が部屋には十六人分の椅子があることが数えてみて判明した。

十六人も一度に人が入れるほど広くはないけれど、打ち合わせに人が来ることも多いし、人を招いて手料理でもてなすのも趣味なので、いつ何時ふいにお客が来ても大丈夫、というのを想定した部屋のプランになっている。あの人もこの人も……と呼びたくなったとき結構対応できることも念頭に入れて。

賑やかな環境は決して嫌いではない。けれども、シングルを全うして長くなりすぎると、この空間に新参者が常時加わるというのは難しいだろうと思う。多分、ここは畳好きで床の上でゴロゴロしたい和風好みの男性には住みにくいと思われる。

この『家にいるのが何より好き』からも、一人でいる時間と空間の大切さがひしひしと伝わってくる。私が思わず膝を叩いてそうなのよ、と声に出したのは「テレビドラマにはまる」だ。私もドラマや映画を見るときは、誰憚《はばか》ることなくがははと大笑いしたり、ウルウル泣きたい。こういう形相は彼氏にも見られたくないものだ。かといってテレビを見るときずーっと文句言ってる、解説ばかりする、私とは違うタイミングで笑ったりするという彼氏であっても気になるし、こっちがテレビに集中したいのに、何かとべらべらと話しかけられるのも迷惑だし。

テレビを見る時に限らず、〝鶴の機織部屋〟のように誰にも見られたくないことは日常いろいろある。煮詰まった原稿を書くときもそうだ。馬鹿話てんこもりで電話をかけているときも、奇妙なポーズのストレッチをしているときも、ただぐんにゃりとだらしなくしているときも誰かそばにいると気になる。そして寝起きの輪郭のない埴輪顔もできれば誰にも見せたくない。……となると、出かけていて外から戻って来た私は、家ではほぼ百％一人でいる方がいいという状況にある。

　家事のあれこれについてもそうだ。岸本さんが書いている通り、人それぞれに家事のムラがある。私の理想を言えば部屋は散らかさず、それでいて収納スペースががらんとして余裕があることだ。冷蔵庫にびっしり食品を入れておくのも好きではないので、混みあって来ると残飯整理のメニュー作りにやっきになる。

　キッチンのレンジの上にモノを置きっぱなしというのも気になるので、台所仕事が一通り終わると、さっさと片付ける。その結果、収納場所のない笛吹きケトルは、近所に住む友達が持っていってしまった。だから我が家に今、やかんはない。

　仕事柄、捨てるに捨てられない資料などたくさんあるから、思い通りに部屋中すっきり片付くとまではいかないし、私も掃除機をまめにかけるのは億劫なタイプだ。だが、例えば〝散らかし魔〟のような男が傍若無人に一緒に生活し始めるとストレスたまるだろうなあ、と思う。

　モノに対する〝もったいなさ〟の基準も然りだ。散らかし魔なら文句も言えようが、捨てればいいのに、と思う基準が違うと、どこまで我慢できるか、つい考えてしまう。

「ウチのダンナったら絶対に古雑誌捨てないのよ。週に七誌も取ってるの。古雑誌のために家賃払ってるんじゃないってば」と文句言ってる友人がいるが、彼女自身は景品で集めたタダの食器類とか洋菓子についてくるガラス容器が捨てられない人だったりする。この二人には、岸本さんの「着なかった服を思い切って処分する潔さ」を是非伝えたいものだ。

飲み仲間の、ある女性には〝通い夫〟がいる。ある日、彼女が「あの野郎、風呂がいつもより長いと思ったら、断りもしないでシャンプーしてたの！」とぷりぷり怒ってる。私だったら髪くらい洗ってもと思うが、彼女の生活基準のこだわりというものが明確になって、それはそれで説得力があって、妙に感心してしまった。

本来、プライバシーというものは我がまま、気まま、自分の好きなように過ごすのが一番いい。自分の城なんだから、自分にとって快適に過ごすに越したことはない。そして人には勝手にいじられたくはない。

男手があった方がいいこともあるが、「力仕事や運転手が必要な時は、バイトで雇える男の子を何人かキープしておけばいいのよ」と割り切っている友人もいる。別の友人は「うちの彼は、ゴキブリも殺せないの。大工仕事もダメ。機械にもからきし弱いし、力持ちでもないし、ギャグ言って笑わせるくらいしか取り柄がないのよ」とぼやく。

私の場合は、マンションの同じフロアにいまだ元気な両親が住んでいて、何かと私の世話をやきたがる。若い男手というわけにはいかないが、近くにいるというのは互いに頼りになる。特に母は、父といるのが煩わしくなってくるという理由でも私の部屋に避難してくる。日中はたいてい私は出かけているので、プライバシーを確保する上で自由に出入りできる娘の部屋ほど居心地のいい場所はない。父としても四六時中母と顔を合わせているより、一人になれる時間が欲しいので、母の家出はむしろ奨励している。

母が私の部屋に出入りして、仲良くしていると「いまだにずっとパラサイトなのね」という部分が目立ってしまうのだけど、依存し合うというより、母なり私なりが自分にとって心地よい空間を求めて行動している一つの断面に過ぎない。

いい年になっても脱パラサイトしない女性というのは、たとえ一つ屋根の下でも、自分のプライバシーがしっかり確保でき、普段の行動を家族から干渉されない生活スタイルを身につけているケースも案外多い。

誰かに頼って生きようという依存先を〝結婚〟に求めても、岸本さんのいうように「あるがまま」に生きようとすると、快適な二人暮らしなどしょせん絵に描いた餅になってしまうだろう。愛が冷め、鬱憤だけが蓄積されていくだけだから。

岸本さんのように、骨太に、暮らしの細部を楽しんで生きていけば、一人でいることはまだまだ面白い。改めてそう思った。実は「そろそろ宗旨替えして一度電撃結婚でもして人生修行を」なんてことを、正月にふと考えたが、この本を読んでさっさとそのような考え方は白紙撤回することにした。

（放送作家・エッセイスト）

単行本　一九九七年四月　文藝春秋刊

文春文庫

家《いえ》にいるのが何《なに》より好《す》き

定価はカバーに
表示してあります

2002年3月10日　第1刷

著　者　岸《きし》本《もと》葉《よう》子《こ》

発行者　白川浩司

発行所　株式会社　文藝春秋

東京都千代田区紀尾井町 3-23　〒102-8008
TEL 03・3265・1211
文藝春秋ホームページ　http://www.bunshun.co.jp
文春ウェブ文庫　http://www.bunshunplaza.com

落丁、乱丁本は、お手数ですが小社営業部宛お送り下さい。送料小社負担でお取替致します。

印刷・凸版印刷　製本・加藤製本

Printed in Japan
ISBN4-16-759903-1

エッセイ

中くらいの妻
日本エッセイスト・クラブ編
'93年版ベスト・エッセイ集

遠い夏の日の思い出「鰻の蒲焼き」、本棚に隠した金を探してくれ——「父の遺書」に秘められていた謎をどう解いたか等々、人生の織りなす哀歓を描いた珠玉のエッセイ六十二篇。

編-11-11

母の写真
日本エッセイスト・クラブ編
'94年版ベスト・エッセイ集

年間ベスト・エッセイのシリーズ十二冊目。書かれるテーマは毎年、似ているようでも、確実にそれぞれの時代を反映している。時の移ろいと変わらぬ人の心を見事に捉えた六十一篇。

編-11-12

お父っつあんの冒険
日本エッセイスト・クラブ編
'95年版ベスト・エッセイ集

宇野千代さん晩年のエッセイ「私と麻雀」、漱石の名作を枕に〝論証〟を試みた「『こころ』の先生は何歳で自殺したのか」など、選び抜かれた六十四篇のベスト・エッセイ集九五年版。

編-11-13

父と母の昔話
日本エッセイスト・クラブ編
'96年版ベスト・エッセイ集

明治・大正の人々を絶妙に描く森繁久彌の表題作ほか、司馬遼太郎「本の話」、田辺聖子「ひやしもち」、林真理子「理系男と文系男」など、著者と読者を共感でつなぐエッセイ六十五篇。

編-11-14

司馬サンの大阪弁
日本エッセイスト・クラブ編
'97年版ベスト・エッセイ集

大作家が相次いで亡くなった九六年。田辺聖子「司馬サンの大阪弁」瀬戸内寂聴「孤離庵のこと」の他、「娘の就職戦争」「ボランティア棋士奮戦記」など、激動の世相を映す六十一篇を収録。

編-11-15

最高の贈り物
日本エッセイスト・クラブ編
'98年版ベスト・エッセイ集

五木寛之「髪を洗う話」、渡辺淳一「いわゆる遊離症について」等人気作家の随筆から、司馬遼太郎の担当だった銀行マンの思い出や、小学生の感動的な作文まで、九七年発表の六十二篇。

編-11-16

文春文庫

エッセイ

（ ）内は解説者

とっておきのいい話
ニッポン・ジョーク集
文藝春秋編

日本人はジョークが下手とよく言われるが、そんなことはありません。各界に活躍中の著名人約二百名が、それぞれのとっておきのジョークを披露する。名付けてニッポン・ジョーク集。

編-2-5

酒との出逢い
文藝春秋編

もし酒がこの世になかったら、人生はなんと味けないものよ。開高健、平岩弓枝、星新一、林真理子、大島渚、野坂昭如など著名人九十三人があかす、おかしくてほろ苦い初体験の数々。

編-2-9

もの食う話
文藝春秋編

食べることは性欲とも好奇心とも無縁ではなく、そもそも猥雑で滑稽なもの。〃食〃の快楽と恐怖を描いた傑作を厳選、豪華メニューのアンソロジー。食べすぎにご用心。（堀切直人）

編-2-12

たのしい話いい話1
文藝春秋編

岡部冬彦、常盤新平、山川静夫、石川喬司、矢野誠一ら粋人十人が披露する、古今東西有名無名、様々な人々の佳話逸話。「オール讀物」の人気コラム「ちょっといい話」文庫化第一弾。

編-2-15

たのしい話いい話2
文藝春秋編

吉行淳之介のラーメン談義、チャーチル一世一代のウソ、芥川比呂志の小咄、マッケンローの潔癖性など、各界の著名人の愉快なエピソードを満載。「ちょっといい話」文庫化第二弾。

編-2-16

無名時代の私
文藝春秋編

誰だって、初めから脚光を浴びていたわけではない。夢を追いつつ満たされない日々、何をやろうか模索していた時……有名人69人が自らの苦しく、懐しい助走時代を綴った好エッセイ集！

編-2-17

エッセイ

（　）内は解説者

変るものと変らぬもの
遠藤周作

移りゆく時代、変る世相人情……もっと住みよい、心のかよう世の中になるようにと願いをこめて贈る九十九の感想と提言。時事問題から囲碁・パチンコまで、幅広い話題のエッセイ集。

え-1-11

生き上手　死に上手
遠藤周作

死ぬ時は死ぬがよし……だれもがこんな境地で死を迎えたい。でも死はひたすら恐い。だからこそ死に稽古が必要になる。周作先生が自らの失敗談を交えて贈る人生セミナー。（矢代静一）

え-1-12

心の航海図
遠藤周作

時代の奔流にめまぐるしく揺れる人生の羅針盤。どの星を頼りに、信ずべき航路を見出したらよいのか……。宗教、暴力、マスコミの問題から折々の感懐まで、みずみずしく綴る随想集。

え-1-19

最後の花時計
遠藤周作

病と闘いながらも、遠藤さんは最後まで社会と人間への旺盛な好奇心を持ち続けた。宗教のあり方、医療への提言……。これは遠藤さんが日本人に残した厳しく優しい遺言である。

え-1-23

心のふるさと
遠藤周作

靴磨きのアルバイトをした頃、占い師に「小説家は無理だね」と言われた頃。芥川比呂志、吉行淳之介の思い出……。最晩年の著者が青春と交友、そして文学を回想した珠玉のエッセイ集。

え-1-25

人間通と世間通
〝古典の英知〟は今も輝く
谷沢永一

「人間とは何か」「人間社会のメカニズムとは何か」という二つのテーマに即して、古典中の古典を選びだし、そのエッセンスを凝縮。これ一冊であなたも「人間通」「世間通」になれる。

た-17-4

エッセイ

（　）内は解説者

旅行鞄のなか
吉村昭

綿密な取材ぶりで知られる著者が、それらの旅で掘り起こした意外な史実の数々、出会ったすばらしい人々、そしてその土地のおいしい食物と酒の話など滋味豊かなエッセイ集。

よ-1-24

私の引出し
吉村昭

歴史や自作の裏話、さまざまな人たちとの出会い、心に残る出来事、旅の話から、お酒や食べ物のこと、身近に経験したエピソードなど感動的な話、意外な話、ユーモアたっぷりの話が一杯。

よ-1-30

街のはなし
吉村昭

食事の仕方と結婚生活、茶色を好む女性の共通点、街ですれ違う気になる人、旅先でよい料理屋を見つける秘訣……。温かく、時に厳しく人間を見つめる極上エッセイ79篇。（阿川佐和子）

よ-1-34

涼しい脳味噌
養老孟司

養老氏は有名人が大好き。山本夏彦、黒柳徹子、林真理子……。別にミーハーだからではない。あわよくば脳ミソを貫いたいのだ！　好奇心と警句に満ちた必見の〝社会解剖学〟。（布施英利）

よ-14-1

続・涼しい脳味噌
養老孟司

「身体から見た社会」への関心を軸に語るヒトの世の森羅万象。女・金・戦争・エイズ……、東大「自己」定年に至る時期の思考の跡を示す、驚きと発見に満ちたエッセイ集。（中野翠）

よ-14-2

臨床読書日記
養老孟司

酒に、嬉しい酒、悲しい酒があるように本もまた然り。では、疲れたときに読む本、草の根をかき分けても読みたい本とはどんな本？　つい読んでみたくなる「本の解剖教室」。（長薗安浩）

よ-14-3

文春文庫

エッセイ

（　）内は解説者

ハラスのいた日々　増補版
中野孝次

一匹の柴犬を〝もうひとりの家族〟として、惜しみなく愛を注ぐ夫婦がいた。愛することの尊さと生きる歓びを、小さな生きものに教えられる、新田次郎文学賞に輝く感動の愛犬物語。

な-21-1

生きたしるし
中野孝次

犬、囲碁、酒を心の友とする日々の思い。戦時下の、死と隣り合わせゆえに美しかった青春への追想……。『清貧の思想』の著者が、喧騒な世間を横目に、静かに紡ぎ出した充実の随想集。

な-21-2

清貧の思想
中野孝次

日本はこれでいいのか？　豊かさの内実も問わず、経済第一とばかりひた走る日本人を立ち止まらせ、共感させた平成のベストセラー。富よりも価値の高いものとは何か？（内橋克人）

な-21-3

贅沢なる人生
中野孝次

気のすすまぬことはしない、自分らしく生きたい……だれもが願望するそんな人生を、見事に貫いた文士たちがいた。大岡昇平、尾崎一雄、藤枝静男、三人の苛烈な生き方。（近藤信行）

な-21-4

人生のこみち
中野孝次

気の進まぬことはやらぬだけが座右の銘。自分らしく生き、死ぬために長年の経験から編み出した自己流の生活信条を披露。「老いと性」「碁が一番」「理想の寝具」など二十六篇。（濱田隆士）

な-21-5

老年の愉しみ
中野孝次

生きて今年の花に逢う愉しみ、自分本位に徹底する愉しみ、今は失われた日本を懐しむ愉しみ、若犬と共に生きる愉しみ……。充実した豊かな老いの日々の過ごし方を指南する名エッセイ集。

な-21-7

文春文庫

エッセイ

（　）内は解説者

私の梅原龍三郎
高峰秀子
大芸術家にして大きな赤ん坊。四十年近くも親しく付き合った洋画の巨匠梅原龍三郎の思い出をエピソード豊かに綴ったエッセイ集。梅原描く高峰像等カラー図版・写真多数。（川本三郎）
た-37-1

わたしの渡世日記（上下）
高峰秀子
複雑な家庭環境、義母との確執、映画デビュー、青年・黒澤明との初恋など、波瀾の半生を常に明るく前向きに生きた著者が、ユーモアあふれる筆で綴った傑作自叙エッセイ。（沢木耕太郎）
た-37-2

にんげん蚤の市
高峰秀子
忘れえぬ人がいる。かけがえのない思い出がある。司馬遼太郎、三船敏郎、乙羽信子、木村伊兵衛、中島誠之助……大好きな人とのとっておきのエピソードを粋な筆づかいで綴る名随筆集。
た-37-4

台所のオーケストラ
高峰秀子
和食48、中華24、洋風34、その他23……計129の素材を持ち味に合わせて料理する。お鍋は楽器、タクトを揮るのはあなた。読んで楽しく作って嬉しい、挿画も美しい高峰さんのレシピ集。
た-37-5

にんげんのおへそ
高峰秀子
風のように爽やかな幸田文、ぼけた妻に悩まされる谷川徹三、超変人の木下恵介、黒澤明、そして無名の素晴らしい人たち。柔らかなユーモアと愛情でいきいきと綴る心温まる交友録。
た-37-6

梅桃《ゆすらうめ》が実るとき
吉行あぐり
岡山の名士の家でのびのびと育った娘が十五で結婚、苦難を乗り越え、美容師の草分けとして活躍する。作家・吉行エイスケの妻であり、淳之介・和子・理恵三兄妹の母でもある女性の半生。
よ-17-1